Daniel Chavarría

Macho Pikant

EUROPA VERLAG

Aus dem Spanischen von Klaus E. Lehmann

GourmetCrime:

Havanna

Daniel
Chavarría

Macho
Pikant

Herausgegeben von Jürgen Alberts

Europa Verlag
Hamburg · Wien

Spanische Begriffe in kursiv gesetzter Schrift
werden am Ende des Textes im Glossar erklärt.

Umschlaggestaltung: +malsy, kommunikation und gestaltung, Bremen
Innengestaltung: Frauke Weise, Hamburg
Druck und Bindung: Offizin Andersen Nexö, Leipzig
ISBN 3-203-85200-4

Die Deutsche Bibliothek verzeichnet diese Publikation
in der Deutschen Nationalbibliografie (http://dnb.ddb.de).

Informationen über unser Programm erhalten Sie beim
Europa Verlag · Neuer Wall 10 · 20354 Hamburg
oder unter www.europaverlag.de

MAYITO
Mario Luján y Torralba

Mayito war der jüngste der Reiter. Die anderen, vom Jüngsten zum Ältesten, waren: Mon, Beni, Buitre und Nitro. Der Name der Gruppe, so wie ihn der Lehrer der dritten Klasse der kleinen Schule im Stadtteil *Cerro* geprägt hatte, war ursprünglich »Die vier Reiter der Apokalypse« gewesen, aber die vier änderten ihn in »Die vier Reiter von Oklahoma«, nach dem Titel eines Western, den Mayito in jenen Tagen gelesen hatte. Und als dann später Beni, nach seinem Zuzug aus *Oriente*, sich anschloss, gab es eben einen fünften Reiter. (Über die Gruppe machte übrigens jemand die treffende Bemerkung, dass der Anfangsbuchstabe des Spitznamens eines jeden mit seiner Hautfarbe in Einklang stand: Mayito und Mon waren *Mulatos*, Buitre und Beni *Blancos* und Nitro ein *Negro*.)

Alle waren um das Jahr 1960 geboren, und zu den berüchtigtsten Heldentaten des Quintetts gehörte, dass sie alle auf ein und demselben Pferd auf den Schulhof geritten kamen, das sie einem Bauern geklaut hatten, der gerade auf einer Brache bei El Platanito Gras für seine Kaninchen mähte. Ein anderes Mal sorgten sie für Aufruhr im patriotischen Gewissen des Viertels, indem sie ihre Unterhosen an einem Fahnenmast hissten, um sie zum Trocknen aufzuhängen. Das war die Idee von Buitre gewesen, als sie nach einem Wolkenbruch, den sie dazu genutzt hatten, zwischen den Pfützen herumzutollen, ins Viertel zurückkamen.

Weil er sich frühzeitig zum Chirurgen berufen fühlte, hatte Mayito 1978 versucht, an der Fakultät für Medizinische Wissenschaften angenommen zu werden, aber seine Noten aus dem voruniversitären Unterricht erreichten nicht den erforderlichen Schnitt. Da ihn eine andere Berufslaufbahn nicht interessierte, gab es eben keine Hochschulausbildung für ihn.

1979 rückte er zum Militärdienst bei der Feuerwehr ein, wo er bis Mitte '81 blieb. Da gefiel es ihm. Er war entschlossen, gegen das Feuer Karriere zu machen, und unterschrieb eine freiwillige Verpflichtung. Im Jahre '82, während eines Feuers in einem zwölfstöckigen Gebäude, wagte er es, mit der Axt in der Hand, inmitten von Rauch und Flammen auf der Leiter bis zum dritten Stock zu klettern, um eine Tür aufzubrechen und eine Gruppe von Nachbarn zu retten, die im Treppenhaus festsaß. Im selben Jahr, bei einem anderen selbstmörderischen Einsatz, verlor er den linken Fuß, zerquetscht von einem Stahlträger. Mit dieser Behinderung musste er seinen Abschied nehmen und blieb elf Monate untätig, bis er gelernt hatte, sich mittels einer Prothese fortzubewegen. Aber dank seiner Tapferkeitsmedaille und anderer Auszeichnungen, die er bei der Feuerwehr erhalten hatte, bekam er nun die Erlaubnis, sich an der Medizinischen Fakultät einzuschreiben, an der er mit Verspätung im Alter von 29 Jahren seinen Abschluss erwarb. Gleich darauf praktizierte er bis Juli '91 als Landarzt in der Gegend von Alto Cedro, wohin er zur Ableistung seines zweijährigen Sozialdienstes geschickt wurde. Es handelte sich um eine Ortschaft von 600 Einwohnern in der Provinz Santiago de Cuba in den Ausläufern der Sierra de Cristal.

Dort fiel es ihm während der ersten drei Monate zu, fast eine Hundertschaft von Leuten mit Bluthochdruck zu behandeln, noch mal so viele Bauersfrauen zu entbinden und einige kleinere chirurgische Eingriffe unter Notbetäubung vorzunehmen. Seine prompte Bereitschaft, zu Fuß loszuziehen oder sich auf dem Rücken eines Maultieres zu den verschiedenen Ortschaften der Gemeinde zu bewegen, brachte ihm in kurzer Zeit die Sympathie der

Dorfbewohner ein. Es beeindruckte sie, dass ein Arzt aus der Stadt, noch dazu ein Körperbehinderter mit einer Fußprothese an seinem Hinkebein, sich in dieser entlegenen Gegend so sehr ins Zeug legte.

Eines Nachmittags sah Mayito, wie ein ohnmächtiger Patient, der vor Schmerzen stöhnte, von vier Bauern auf einer Trage herbeigeschleppt wurde. Es war ein sehniger und kränklich wirkender Mann, dem Aussehen nach mehr als 70 Jahre alt. Sie brachten ihn aus einem Weiler namens Chamizo oben aus den Bergen herunter. Der Mann litt unter einem Anfall von Priapismus und hatte laut Aussage seiner Begleiter schon seit 48 Stunden eine unbeugsame Erektion. Sein Penis war steif und schwarz, mit einer Binde gegen den Bauch gebunden. Den vorherigen Tag hatte er praktisch in einem einzigen Schmerzensschrei zugebracht, und als man sah, dass das Ding nicht abschwoll und immer schwärzer wurde, hatten sie beschlossen, ihn herzutragen.

Die Thrombose war auf den ersten Blick zu diagnostizieren. In einem Moment, als der Patient bei Verstand war, erklärte ihm Mayito, dass es in seinem Zustand um Penis oder Leben ging. Es gab keine Alternative.

Der Mann, ein gewisser Jacinto, akzeptierte die Amputation durch ein winziges Senken der Augenlider und fiel wieder in Ohnmacht. Die Operation war einfacher, als Mayito gedacht hatte. Und nach etwa einem Jahr kam Jacinto wieder in die Sprechstunde nach Alto Cedro herunter. Die Wunde war offensichtlich gut vernarbt. Er machte dem Arzt voller Dankbarkeit eine Gallone hausgemachten Schnaps zum Geschenk sowie ein Ferkel, das an einen Strick gebunden war. Bauernphilosoph von spöttischem Naturell, der er war, erklärte Jacinto, er sei zufrieden und sowieso schon jenseits von Gut und Böse. Mit seinen 73 Jahren habe er im Überfluss von dem jetzt amputierten Glied Gebrauch gemacht und es fast sechzig Jahre lang vorbehaltlos in den Dienst der Bäuerinnen von Chamizo und Umgebung gestellt.

»Es war längst Zeit, ihn in den Ruhestand zu versetzen«, witzelte er.

Er rechnete es dem Doktor Luján sehr hoch an, dass er ihm das Leben gerettet hatte. Und vielleicht um ihm zu schmeicheln, erzählte er ihm von einem Fall, der sich zwei Jahre vorher ereignet hatte, als ein anderer Bergdoktor nicht den Mut oder die Fähigkeit zum Schnitt hatte und der Mann mit seinem Ständer starb, der ihm nie mehr erschlaffte, nicht einmal während der Totenwache.

Aber hiermit war die Geschichte noch nicht abgeschlossen, da Mayito am Ende seiner Sozialdienstzeit, als er fast schon beim Kofferpacken war – angesichts der ersehnten Rückkehr nach Havanna zu seiner Familie und in die Arme seiner Bräute –, zwei weitere Fälle von Priapismus behandeln musste. Einen am 12. und einen anderen am 30. April. Der erste war ein Bursche von 20 Jahren, auch ein Anwohner der Gegend um Chamizo.

»Was für ein Zufall«, kommentierte Mayito überrascht.

Seltsam, dass eine so selten auftretende Krankheit zwei Fälle in weniger als zwei Jahren hervorgerufen hatte und beide auch noch in einem Weiler von nur 120 Bewohnern.

Mayito bettete den Burschen auf eine Tragbahre und säuberte ihm mit einer antiseptischen Flüssigkeit den Penis. Darauf stach er ihm auf einer Seite eine Spritze mit einer sehr dicken Nadel hinein. Während der Bursche schnaufte, sah Luján mit Erleichterung die dicke rote Flüssigkeit hervorquellen. So ein Glück, verdammt noch mal, und er wiederholte die Operation auf der anderen Seite des Gliedes.

Durch die Verringerung des Drucks in den Venen begann das Blut sofort leichter zu fließen, um schließlich zur völligen Erschlaffung des Penis zu führen. Nach einem Tag strikter Ruhe kehrte der Patient zu Fuß in die Hügelkette von Chamizo zurück.

Wenig später musste der Doktor Mario Luján mit ansehen, wie sie ihm auf einer Trage einen dritten Fall brachten, und er erkannte einen der Träger von Jacinto wieder.

»Wo kommt ihr her?«, fragte er beunruhigt nach.

»Aus Chamizo.«

»Ja, verdammt noch mal! Noch einer? Was fresst ihr denn da oben, Mann?«

Der Patient, ein Schwarzer in den Vierzigern, war stumm vor Schreck. Außerdem schien er sich sehr zu schämen. Er verharrte, den Blick starr auf den Boden geheftet, als ob er an etwas Schrecklichem schuld wäre. Als Mayito begann, ihn zu betasten, erbleichte der Schwarze und schloss die Augen, um nicht Zeuge eines solchen Gefummels zwischen Männern zu werden.

Der Arzt stellte fest, dass es sich um eine leicht trockenzulegende Erektion handelte. »Kein Problem«, beruhigte er ihn. »Das haben wir gleich.«

Als er dies hörte, richtete der Mann sich von der Trage auf.

»Werden Sie ihn mir abschneiden, Doktor?«, fragte er, den Tränen nahe, während er seine enorme Erektion mit dem Hut bedeckte. Überzeugt von seinem fatalen Schicksal, begann er zu stammeln, dass er sich aufhängen würde, wenn sie ihn abschnitten, wie sie es bei Jacinto getan hätten.

Luján beruhigte ihn und erklärte ihm, dass sein Fall keine Amputation erforderlich mache. Und da der Schwarze kolossale Dimensionen zur Schau stellte, fing er an, ihm zu applaudieren und zu witzeln, ob das King Size, Größe 20 oder auskragendes 24er-Gesims sei, und um das Ding abzuschneiden, würde man wohl eine Säge benötigen. Schließlich schaffte er es, den Armen zum Lachen zu bewegen, und brachte ihn dazu, sich die Dränage machen zu lassen.

Minuten später hob der Patient den Kopf und schloss die Augen, um die Erinnerung aus seinem Gedächtnis zu löschen, dass ein Mann dabei war, seine makrozephalische

Eichel und das ganze Glied mit einer bräunlichen Flüssigkeit zu bestreichen. Aber nach vollzogener Dränage fühlte er eine sofortige Erleichterung, und seine Stimmung schlug um. Noch in derselben Nacht, nach Chamizo zurückgekehrt, erzählte er Wunderdinge über den Arzt von Alto Cedro; außerdem brachte er ihm wenige Tage später Mamayete-Schnaps und ein paar Hennen als Geschenk.

Da er sehr daran interessiert war, die Ursachen jenes seltsamen Priapismus zu ermitteln, der ausschließlich in Chamizo vorzukommen schien, besuchte Luján die Ortschaft in den letzten vierzehn Tagen seines Aufenthalts in Alto Cedro. Und dort erfuhr er, dass im Laufe der Jahre noch andere Fälle in dieser Gegend aufgetreten waren. Nach der Erinnerung einiger Greise gab es mindestens vier (in Frieden sollen sie ruhen), die mit Wundbrand endeten. Klar, das war alles vor der Revolution, als man, um auf einen Chirurgen zu treffen, die Kranken noch bis nach Mayarí bringen musste. Und die Bauern führten diese ganzen Versteifungen in ihrer Gemarkung auf irgendeine geheimnisvolle Hexerei zurück.

Von wem?

Wer weiß … Auf jeden Fall von jemandem, der sich nicht zu erkennen gab, aber mitten unter ihnen lebte.

Zurück in Havanna, verbrachte Luján zwei Nachmittage in der Bibliothek des Nationalen Informationszentrums der Medizinwissenschaften, INFOMED, um sich Informationen über Priapismus zu verschaffen. Das Erste, was seine Aufmerksamkeit erregte, war der Ursprung des Begriffs, der auf einen gewissen Príapo (griechisch Príapos), Sohn von Dionysos und Aphrodite, zurückzuführen war. Im Pantheon des klassischen Griechenland war er ein Fruchtbarkeitsgott gewesen, außerdem ein zügelloser Kerl, der mit seinem ewig erigierten Phallus jede Unvorsichtige zu vergewaltigen trachtete, die ihm über den Weg lief.

Dort brachte der Arzt auch in Erfahrung, dass in ganz Kuba zwischen 1970 und 1990 nur fünf Amputationen wegen Priapismus vorgenommen worden waren und 258 Dränagen ohne Penisamputation, was eine Gesamtzahl von 263 akuten Fällen in 20 Jahren ergab.

Er selbst hatte mittels einer minutiösen Umfrage, die er in Chamizo unter den ältesten und erinnerungskräftigsten Einwohnern erhoben hatte, ungefähr 18 Fälle in 30 Jahren für den Ort und die angrenzenden Gebiete festgestellt. Demzufolge entsprachen die 18 Fälle von Chamizo, mit dem Durchschnitt der im selben Zeitraum von 20 Jahren von INFOMED registrierten Daten verglichen, einer Zahl von 12. In Kuba lebten aber 11 Millionen Menschen und in der Gemarkung Chamizo kaum 300. Nach der Formel eines einfachen Dreisatzes errechnete Luján, dass es bei einer Übertragung der Gegebenheiten von Chamizo auf das gesamte Land dort 440 000 Fälle von akutem Priapismus gegeben haben müsste, tatsächlich waren es nur 263. Ergo: Ganz Kuba erkrankte 1673-mal seltener an Priapismus als der Weiler von Chamizo.

Seine erste Berührung mit der Fachliteratur im INFOMED erweckte in ihm ein Gefühl von Horror. Er begriff, bis zu welchem Punkt er sich in der Sierra de Cristal verstiegen hatte. Der Priapismus hatte weder in seiner Variante der Venenverstopfung noch in seiner arteriellen Form (low flow and high flow priapism) etwas mit dem zu tun, was er in der Sierra gesehen hatte. In einem Artikel von einem Dr. Rolle et aliter (1987) über die gerinnungshemmenden Vorgänge im Blut des Penis hieß es, dass die Gerinnungsmöglichkeit hier durchschnittlich nur ein Drittel des äußeren Blutkreislaufs erreichte. Das bedeutete, dass jedwede Form von Thrombose ausgeschlossen werden musste, einschließlich der Fälle von länger andauernden Erektionen. Und in der gesamten Literatur, die er in diesen Tagen zu Rate zog, fand er keine Bezüge zu Fällen von Wundbrand mit anschließender Amputation.

Obwohl Mayito während seines Medizinstudiums und seiner Praxiszeit im Krankenhaus niemals einen Fall von Priapismus behandelt hatte, hatte er sehr wohl zahlreiche Fälle von Thrombose und Wundbrand gesehen. Und aufgrund der Härte der Schwellkörper und der grünlichen Färbung der Haut hatte Mayito im Fall von Jacinto keinerlei Zweifel gehabt, vor einer Thrombose zu stehen. Auf was für eine andere Therapie hätte er auch zurückgreifen können in dieser äußersten Notlage? Er, ein erst kürzlich approbierter Arzt, isoliert in den Bergen, ohne jede Erfahrung in der seltsamen Wissenschaft der Pathologie, ohne weitere Literatur als die paar Handbücher, über die er in seinem Sprechzimmer verfügte? Eine Dränage war angesichts der fortgeschrittenen Thrombose unmöglich gewesen, und nach einer Erektion von so vielen Stunden hätte weiteres Zuwarten die Gefahr bedeutet, den Patienten einem Wundbrand auszusetzen. So hatte Mayito in seiner Not gedacht, aber nun wurde ihm klar, dass er eine unnötige Verstümmelung vorgenommen hatte. Nachdem er sich kundig gemacht hatte, wusste er nun, dass der Patient höchstens einen trockenen Wundbrand bekommen hätte, ohne Fäulnis und ohne die Notwendigkeit einer Amputation, und dass im schlimmsten Falle der Penis nach und nach von selbst abgefallen wäre. Doch Mayito hatte nie zuvor etwas Ähnliches gesehen, und da er weder Chirurg noch sonst irgendein Spezialist war, kannte er all die Techniken für kleinere Eingriffe, Bypässe und andere reinigende Maßnahmen, die in der Spezialliteratur beschrieben wurden, nicht. Und es war beileibe nicht so, dass er nun von Gewissensbissen erdrückt worden wäre. Er hatte getan, was er konnte, verdammt!

Sein anderer Irrtum war, es als gesichert anzusehen, dass die Blutgerinnung im Penis eine gewöhnliche Störung bei diesen Fällen von Priapismus war – und nun verneinten dieser Dr. Rolle und Kollegen, übrigens ein hervorragendes Team von Urologen, diese Möglichkeit!

Eine weitere beunruhigende Sache erfuhr er durch einen Bericht von Sharpsteen et al. (1988): dass bei keiner Variante des Priapismus Eichel und Schwellkörper in Mitleidenschaft gezogen wurden und daher das Vorkommen des so genannten »Drei-Schwellkörper-Priapismus« minimal war, fast bei null lag. Dabei war das, was er in Alto Cedro gesehen und befühlt hatte, sehr wohl ein solches Dreierphänomen, da war kein Zweifel möglich. Und wenn auch die höchst anerkannte Literatur die Auffassung befürwortete, dass diese abnormen Erektionen in der Mehrzahl der Fälle ohne sexuelle Stimulierung auftraten, hatten seine drei Patienten die ihren nach lang andauerndem Beischlaf behalten. Was zum Teufel also passierte mit den Penissen von Chamizo?

Was auch immer die Antwort sein mochte, Mayito dankte seinem guten Stern, ihn vor dieses Rätsel gestellt zu haben. Obwohl er aufgrund von Temperament und Fingerfertigkeit noch immer die Zulassung zu einer chirurgischen Spezialtätigkeit anstrebte, wäre es kleinmütig und dumm gewesen, den Kopf nicht in eine Untersuchung zu stecken, die sich ihm quasi auf dem Silbertablett anbot. Die winzige und abgelegene Ortschaft Chamizo barg ein wissenschaftliches Geheimnis, welches, einmal aufgedeckt, vielleicht zur besseren Kenntnis der Genitalphysiologie oder der Blutdynamik im Allgemeinen beitragen könnte. Er war so sehr davon überzeugt, dass er den Entschluss fasste – dem Geheimnis auf der Spur –, in die Ortschaft zurückzukehren.

War es das Wasser? Die Luft? Eine Pflanze? Ein Nahrungsmittel? Der Stich eines chamizenischen Skorpions? Der junge Arzt würde nicht ruhen, bis er das Mysterium enthüllt hätte.

Für die Funktionäre des Ministeriums für Öffentliche Gesundheit war es eine große Überraschung, dass Dr. Mario Luján darum bat, ein weiteres Dienstjahr in Alto

Cedro ableisten zu dürfen. Es gab bisher kein Beispiel dafür, dass ein Arzt aus Havanna sich für ein zusätzliches Jahr in jenen Hügeln am Arsch der Welt vergraben wollte, noch dazu, um sich mit der Erforschung »der Schwanzkrankheit einer Hand voll Bauerntölpel« zu befassen, wie es ein Witzbold aus der Personalabteilung formulierte.

Als er erfuhr, dass seine drei Priapismus-Patienten einen Gutteil des Frühlings in La Tablada zu verbringen pflegten, war Mayito begeistert. Dort würde vielleicht eine Spur auftauchen. Es handelte sich um ein Gebiet auf der anderen Seite des Río Nipe, ungefähr fünf Kilometer von Chamizo entfernt, wohin sich einige Anwohner begeben hatten, seit die Regenfälle begonnen hatten. Sie wollten Mameyetes pflücken, ein in der Zone wild vorkommendes Obst, das von März an reif wird. In Stamm und Geäst ähnelten die Mameyetes-Bäume ein wenig den *Mameyes*, und sie trugen auch keine Früchte, bevor sie nicht ungefähr 25 Jahre alt waren. Von außen, in ihrer faserigen Struktur und der Härte ihrer Schale, ähnelten auch die Früchte der Mamey und in ihrer Form einer kleinen Avocado. Doch aus ihrem ungenießbaren Fruchtfleisch wurde aus althergebrachter Tradition ein gelblicher Wein hergestellt, aus dem, wenn er erst einmal destilliert war, der Mameyazo gewonnen wurde – ein ausgezeichneter, trockener Schnaps, der ein delikates süßliches Aroma besaß, das an den feinen Duft der Orchideen erinnerte. Vom Bouquet her übertraf er einen durchschnittlichen, industriell hergestellten Schnaps bei weitem. Die Bauern filtrierten ihn durch Destillierkolben oder destillierten ihn mit Drucktöpfen, und sein Verkauf stellte eine wichtige Einkommensquelle für so manchen Chamizener dar, genauso wie für viele Einwohner des ausgedehnten Gebietes, das von Alto Cedro, Marcané, Cueto, Mayarí und Mayarí Arriba gebildet wurde. Der Mameyazo erfreute sich großer Nachfrage in den Ortschaften, die die Bucht von Nipe umgeben.

Luján dachte sofort an den Mameyazo als möglichen Verursacher der Erektion, aber er verwarf den Gedanken schnell wieder, da in den anderen Orten, wo ihn die Leute herstellten und nicht zu knapp konsumierten, kein einziger Fall von Priapismus bekannt geworden war.

Mayito kehrte im Juni '92 nach Alto Cedro zurück, und von dort ritt er jeden Freitagnachmittag auf dem Rücken eines Maultieres nach Chamizo, wo er bis Montagmorgen blieb, bis er in seine Praxis zurückkehrte. Weil Jacinto darauf bestand, richtete er sich in dessen Holzhäuschen ein. Er bekam dort einen Platz im Zimmer von Jacintos Enkeln, wo er seine Hängematte aufhängen konnte. Und während des Wochenendes streifte der Arzt von frühmorgens an durch die Ortschaften und unterhielt sich mit jedem Bauern, den er traf, um Informationen über Pflanzen und Tierwelt, über Kochgewohnheiten, Ernährung, Hygiene, Sexualpraktiken und alle Besonderheiten des täglichen Lebens der Chamizener zu erhalten.

Es vergingen Wochen, ja Monate, und es ergab sich nichts, nicht das kleinste Anzeichen.

Im März '93, als die Mameyete-Pflücker auf ihren Maultieren nach El Tablada aufbrachen, schloss Mayito sich ihnen an. In den folgenden Wochen, nachdem er tagsüber seine Sprechstunden abgehalten hatte, begab er sich immer montags und donnerstags in das Lager der Erntearbeiter und übernachtete dort. Der mühsame Weg bedeutete eine harte Anstrengung für sein unvollständiges Bein, aber er musste die Gruppe vor Ort beobachten, um zu sehen, ob es irgendeine Spur gab.

Gleich zu Anfang lernte er, dass der Mameyete-Wein aus Früchten gemacht wurde, die in Mondnächten gepflückt wurden. Wenn nicht, stank das Zeug, und der Mameyazo-Schnaps verlor sein Aroma.

Dieser Mondzauber nützte ihm auch nichts bei seinen Nachforschungen. Er entdeckte nicht eine einzige wesentliche Veränderung in den Gewohnheiten der Männer während ihres Aufenthalts in La Tablada. Außer ihrem fehlenden Eheleben und der Tatsache, dass sie in Hängematten schliefen, folgten sie derselben Routine wie in ihrem Weiler von Chamizo. Sie behielten ihre gewöhnliche Ernährung bei, verrichteten eine gleichförmige Arbeit, spielten abends Domino und tranken Schnaps, genau wie in ihrem Dorf. Außerdem war die Natur von La Tablada identisch mit der von Alto Cedro, das nur ungefähr drei Kilometer entfernt lag.

Nach Ablauf eines Jahres kehrte Mayito Ende Mai nach Havanna zurück. Als ob sein verlängerter Aufenthalt in Alto Cedro einen positiven Einfluss auf die Behörde für Öffentliche Gesundheit ausgeübt hätte, wurde ihm die Zulassung ohne Schwierigkeiten erteilt. So war er von September '93 an dem Fajardo-Krankenhaus zugeteilt, wo er allgemeinmedizinische Dienste leistete und eine chirurgische Ausbildung erhielt. Aber Mayito Luján war ein Dickkopf, und im Sommer '94 kehrte er während seines Urlaubs wieder nach Chamizo zurück.

Diesmal hatte er mehr Glück. Ein alter Mann, seit fünfzig Jahren Mameyete-Pflücker, überraschte ihn mit einer äußerst wichtigen Enthüllung. Der Alte hieß Zacharias, aber im Dorf nannten ihn viele hinter seinem Rücken Carambola. Als introvertierter, aber cholerischer Mann in den Sechzigern war er schon seit langer Zeit mit dem halben Dorf verfeindet. Mit seiner eigenen Frau hatte er seit ungefähr zehn Jahren kein Wort mehr gewechselt, weil sie es während eines Disputs gewagt hatte, ihn Carambola zu nennen. Er zog die Machete und stürzte sich voller Jähzorn auf sie, und wenn seine Söhne nicht eingegriffen hätten, hätte er wohl Hackfleisch aus ihr gemacht. Seit diesem Augenblick wusch sie für ihn, kochte für ihn, stellte ihm das Essen auf den Tisch, machte ihm das Bett, deckte es für ihn auf, damit er sich schlafen legen konnte, stellte ihm die Latschen am Fußende zum Aufstehen bereit, unterrichtete ihn über die häuslichen Bedürfnisse oder Neuigkeiten in der Familie, aber Zacharias antwortete ihr nicht. Zu Anfang hatte sie sehr darunter gelitten, aber nun achtete sie schon seit langem nicht mehr darauf. Zacharias sprach auch nicht mit seinen beiden ältesten Söhnen, und die drei jüngeren lebten bei ihren Brüdern, weil sie den Alten nicht ertrugen.

Zacharias war dem Arzt sehr dankbar, weil dieser ihn von einer Migräne befreit hatte, die ihn seit Jahren quälte. Mayito hatte dies durch eine Massage seiner Chakrapunkte und mit seinen Akupunkturnadeln zu Wege gebracht. Und als der Alte gewahr wurde, dass den Doktor Luján das Thema Priapismus interessierte, erschien er eines Nachmittags in der Sprechstunde und tat sehr geheimnisvoll.

»Ich hatte auch diese Anfälle von Versteifung, schon zwei Mal«, gestand er ihm schließlich.

Der Arzt quetschte ihn förmlich aus darüber, was er in jenen Tagen getan hatte, aber er fand nichts, was seine Aufmerksamkeit erregt hätte. Als er ihn über die Dauer seiner »Schwellungen« befragte, zögerte der Alte eine Weile und starrte dabei zur Decke.

»Beim ersten Mal dauerte es nur ein Weilchen«, stieß er schließlich hervor, »aber als es mir wieder passierte, hatte ich ungefähr zwei Stunden lang so einen Ständer, das war unglaublich!«

»Sehr, sehr hart?«

»Total hart, Doktor, wie der Stamm vom *Jiquíbaum*. Und das passierte mir vor ungefähr fünfzehn Jahren.«

Nur seine Frau, die Einzige, die dabei war, kannte die Geschichte. Der Alte offenbarte ihm nun seine Überzeugung: »Schuld an der Sache ist die Carambola-Süßspeise.«

Als er dies eines Nachmittags verkündet hatte, während sie in La Tablada Mameyetes pflückten, ließen ihn die anderen nicht mal ausreden. Die ganze Bande fiel über ihn her, um sich über ihn lustig zu machen, und seit dieser Kränkung waren sie ihm fürs ganze Leben verhasst. Einer machte ihn mit dem Argument nieder, dass schließlich jeder im Ort Carambola-Süßspeise esse, sogar die kleinen Kinder.

»Und da sie nicht auf mich hören wollten, habe ich nie mehr mit ihnen über die Angelegenheit gesprochen.«

Er war ein verbitterter Mann, aber fähig zu intelligenten Beobachtungen.

»Das Erste, was mir auffiel, war, dass die Leute diese Versteifungen immer dann bekamen, wenn sie kurz zuvor aus La Tablada zurückgekommen waren.«

Am nächsten Tag stellte Luján fest, dass der Alte nicht auf dem Holzweg war. Fast alle bekannten Fälle waren zwischen März und Juni nach der Rückkehr aus La Tablada aufgetreten. Dies bestätigten ihm die Betroffenen selbst und in ein paar Fällen auch die Angehörigen von bereits Verstorbenen.

Nun begann Zacharias die Sache nach bestem Wissen und Gewissen zu erklären. Während der Erntezeit blieben die Maultiertreiber von montags bis freitags in La Tablada und kehrten am Samstag zurück, um sich am Montag frühmorgens wieder auf den Weg zu machen. In der Regenzeit mache jeder von ihnen zehn oder zwölf Mal diesen Weg, und einige ernteten bei der Überquerung des Flusses Carambolas.

»Da gibt es nämlich in der Nähe der Furt, die wir mit den Maultieren benutzen, eine Stelle, an der männliche Carambola-Früchte wachsen, groß und von sehr gutem Geschmack.« Der Alte beschrieb ihm die Frucht, die Mayito nicht kannte. Er erklärte ihm, dass sie wild an großen Büschen an Flussufern wuchs, es aber keine Möglichkeit zum Anbau gab. Er hatte es einmal versucht, aber die Sträucher trugen nicht.

»Die wachsen, wo es Gott gefällt, und wie ich grad sagte, sammeln einige Erntearbeiter Carambolas, um daraus diese Süßspeise zu machen. Einmal bekamen gleich mehrere von uns diese Versteifung. Bei einigen stärker, bei anderen schwächer. Es gab drei oder vier, bei denen das gleich wieder zurückging, aber Martin den Blonden, den Vater von Martinete, mussten sie nach Alto Cedro bringen, um ihn zur Ader zu lassen. Wenige Tage später traf es meinen Kumpel Alfonso, einen Mann meines Alters. Der war aber schon ziemlich fertig und starb unterwegs mit diesem steifen und schwarzen Ding, sogar seine Eier färbten sich dunkel, wie bei einem Esel.«

Zacharias betonte, dass die Ursache des Priapismus nicht bloß die Carambola-Süßspeise war. Sie ein paar Mal nur so zu probieren reichte nicht. Um so einen Steifen zu bekommen, musste man viele Tage hintereinander davon essen. Und er erklärte, dass es im Dorf keine weiteren Fälle gab, weil die Leute das Zeug im Allgemeinen in Abständen aßen, ein bisschen in einer Woche, ein bisschen eine Woche später, und niemand wurde krank. Denn wenn die Maultiertreiber samstags den Nipe-Fluss durchwateten, pflückten sie nur einen Sack Carambolas, höchstens zwei.

»Und daraus kann man gerade mal `nen Kochtopf voll Süßspeise machen, die reicht auch nur für ein paar Tage, und so kosten die Leute die Speise bis zur nächsten Woche nicht noch mal.«

»Und warum wurde nicht mehr geerntet?«

»Wenn man mit den Maultieren an den Fluss kommt, will man schnell nach Hause zurück und nicht von der Nacht überrascht werden. Und um nicht absteigen zu müssen, denken viele gar nicht erst an die Carambolas. Andere pflücken nur ein paar wenige, um den Auftrag ihrer Frau zu erfüllen. Aber bei den zwei Malen, als es mich erwischt hat, war der Fluss ziemlich angeschwollen, und man musste warten, bis der Wasserstand sank. Viele füllten, so wie ich, aus purer Langeweile mehr Säcke als gewöhnlich. Damals machte ich so ungefähr zehn Säcke voll.«

»Und für wie lange reichte die Süßspeise?«

»Meine Frau hat nur probiert, aber ich bin ein Vielfraß und aß ungefähr einen Monat lang von dem Süßzeug, vor allem abends.«

»Und Ihre Söhne?«

»Die wohnten schon nicht mehr bei uns.«

»Die aßen also nichts?«

»Meine Frau brachte ihnen ein bisschen, ohne mir was zu sagen, aber ich war auf jeden Fall der, der am meisten aß. Und es gab andere im Dorf, die sich in den folgenden Tagen mit dem Zeug voll stopften.«

Zacharias Version deutete darauf hin, dass irgendeine Substanz, die in der Süßigkeit enthalten war, als Depotdroge wirkte.

Bei den Nachforschungen über die Carambolas stellte Mayito fest, dass niemand aus der Gegend einen anderen Platz kannte, an dem sie zu finden waren, als den von Zacharias erwähnten. Er erfuhr auch, dass an diesem Ort, an den Ufern des Nipe-Flusses, auf dem obligatorischen Weg zwischen La Tablada und Chamizo, keine anderen Maultiertreiber vorbeikamen. Das erklärte, warum die Mameyete-Pflücker, die aus anderen nahe gelegenen Ortschaften kamen, die Carambolas nicht kannten und natürlich keine Konsumenten der Süßspeise waren.

Nach zwei Wochen ausführlicher Vernehmungen der Betroffenen zeigte Mayito sich davon überzeugt, dass die Vermutungen des Alten die richtige Spur wiesen. Denn die heftigsten und am längsten andauernden Fälle von Priapismus erfolgten, wie Zacharias gesagt hatte, kurz nach der Rückkehr aus La Tablada. Besonders bezeichnend war, dass von den Amputierten oder Dränierten alle, ohne Ausnahme, sich daran erinnerten, die berühmte Süßspeise täglich und während längerer Zeiträume zu sich genommen zu haben, länger als zwei Wochen. Und ganz sicher stellte die Süßigkeit die einzige Ergänzung der wenig abwechslungsreichen Ernährung der Bauern dar. In den umliegenden Gebirgszügen ernährten sich die Leute von gebratenem Schwein, zerfasertem Dörrfleisch, *Yuca*, schwarzen Bohnen, viel Bananen und viel Reis mit reichlich Schmalz. Sie verbrauchten auch viel Schnaps, Kaffee und braunen Zucker. Selten nahmen sie mal einen anderen Happen zu sich. Und Kindern schmeckte die Carambola-Süßspeise nicht, weil sie überaus bitter war.

Mayito wurde sich immer sicherer, dass die wild wachsende Frucht irgendein aktives Bestandteil, das zur Depotbildung führte, enthalten könnte. Auf jeden Fall beschloss er, auf den nächsten Frühling zu warten und in die Sierra zurückzukehren, wenn die Carambolas wieder Früchte trugen.

Zurück in Chamizo im April des Jahres '95, lernte er die Speise zuzubereiten und entschloss sich, täglich eine reichliche Dosis einzunehmen. Nach zwei Wochen begann er zwei Wirkungen zu verspüren, die seine Aufmerksamkeit erregten. Seine morgendliche Erektion beim Aufwachen schien viel kräftiger und länger andauernd als gewöhnlich. Und anlässlich eines kleinen Abenteuers an den Ufern des Nipe hatte er drei aufeinander folgende Orgasmen, ohne abzuschlaffen. Es war das erste Mal, das ihm so etwas passierte, und nicht ohne eine gewisse Beunruhigung beobachtete er, dass die Erschlaffung seines Penis bis zum Normalzustand ganze 75 Minuten dauerte. Diese Leistung nötigte der beglückten Bäuerin bewundernde Seufzer ab, aber nachdem er herausgefunden hatte, was er wollte, rang sich Mayito dazu durch, die Einnahme der Süßspeise sofort einzustellen. Wenig später kehrte er mit 27 Kilogramm Carambolas nach Havanna zurück.

EL BENI

Benigno Robledo y Videaux

Beni, der fünfte Reiter von Oklahoma, machte mit 20 Jahren seinen Abschluss als Fachschulabsolvent in Lebensmittelchemie und arbeitete dann lange Zeit im Bereich der Sterilisationstechnik. Er hatte 1982 im Alter von nur 21 Jahren geheiratet und begann ab Anfang der 90er Jahre ernsthafte ökonomische Engpässe durchzumachen, als in Kuba die *Período Especial* einsetzte. Von seiner Arbeitskraft lebten seine verwitwete Mutter, die ihren Mann und ein Bein bei einem Autounfall verloren hatte, eine ledige Schwester, die sich um die Mutter kümmerte, seine Frau und vier Kinder.

1992 verdiente Benigno 280 Pesos, was damals monatlich zwei Dollar entsprach, doch während die Masse der kubanischen Bevölkerung zusehends an Gewicht verlor, musste seine Familie keinen Hunger leiden.

In so schwierigen Zeiten überlebten nur diejenigen mit Anstand, die über Angehörige im Ausland verfügten, die in der Lage waren, Geld zu überweisen, oder die Taxifahrer, Kellner, Barmänner, Portiers und Dolmetscher, kurz diejenigen, die für den diplomatischen Dienst, ausländische Firmen oder im internationalen Tourismus arbeiteten. Andere überlebten, sei es aus schlechter Neigung, Unfähigkeit oder Verzweiflung, durch Prostitution, Diebstahl oder die Jagd auf Touristen.

Viele Besucher des Landes verstanden nicht, wie jemand acht Stunden am Tag für Gehälter von 200 Pesos oder noch weniger arbeiten konnte, Einkommen, die etwa eineinhalb Dollar monatlich entsprachen. Sie kapierten nicht, dass viele sich auf diese Weise eine Mahlzeit im Betrieb sicherten und außerdem Material klauten, das sie auf der

Straße zu Geld machten. Einen Schreiner in einem staatlichen Betrieb interessierte nicht das unwesentliche Gehalt, sondern die Möglichkeit, an Holz zu kommen, aus dem er zu Hause Möbel herstellen konnte, um sie zu verkaufen. Der Stahlarbeiter klaute Armierungseisen, die als Gitter für Türen und Fenster dienen konnten. Der Bäcker stahl Mehl und verkaufte Pizza in seinem Viertel, und der paternalistische kubanische Staat sah – wenn auch widerwillig – darüber hinweg. Dabei verstand jeder, dass diese allgemeine Klauerei das einzige Brett darstellte, an das sich Millionen von Schiffbrüchigen klammern konnten. Aus reinem Selbsterhaltungstrieb brachte das kubanische Volk es fertig, eine Umverteilung des damals kärglichen sozialistischen Volkseinkommens zu bewerkstelligen.

Beni war da keine Ausnahme. Seit Anfang '92, als das Essen zu Hause knapp wurde und Adelaida weinte, weil sie nicht wusste, wie sie ihre Kinder satt kriegen sollte, begann er in der Destille, in der er damals arbeitete, neunzigprozentigen Alkohol zu klauen. Von montags bis freitags brachte er in Komplizenschaft mit den Türstehern und anderen Arbeitern täglich fünf Liter Alkohol aus dem Betrieb. Zu Hause gab er jeweils 12,5 Liter Wasser, das mit Limonenextrakt aromatisiert war, dazu. So erhielt er täglich 21 Flaschen eines vortrefflichen Schnapses von 36 %, den er in kleineren Mengen oder zum Preis von 30 Pesos die Flasche verkaufte. Der Schnaps brachte ihm ein Monatseinkommen von 157 Dollar ein, für jene Zeit und die katastrophale Lage des Landes ein gutes Einkommen. (Dabei ist in Betracht zu ziehen, dass viele Leute in Kuba weder Miete bezahlen müssen noch die Schule ihrer Kinder, die ärztliche Betreuung oder Arzneimittel; und für Gas, Strom und Wasser müssen die meisten nicht mal einen Dollar im Monat ausgeben. Das Familieneinkommen wird also fast vollständig für Ernährung, Kleidung und Schuhwerk aufgewendet.)

So überstand die Familie von Beni den Sturm der ersten

Jahre der Período Especial recht gut vor dem Wind liegend. Sie mussten natürlich die unvermeidlichen Nöte im Bereich der Stromversorgung, der öffentlichen Verkehrsmittel und der allgemeinen Dienstleistungen ertragen, aber sie überlebten ohne Tragödien.

Den anderen vier Reitern erging es folgendermaßen: Mayito behielt sein Junggesellendasein bei und sicherte sich zunächst in Alto Cedro und später am Fajardo-Krankenhaus mit Leichtigkeit seine Ernährung; Mon genoss die außergewöhnlichen Bedingungen der wissenschaftlichen Elite der Biotechnologie und die japanischen Yen seiner Frau; auch Buitre und Nitro sahen sich mit keinen großen Schwierigkeiten konfrontiert, da sie fast die ganze Período Especial im Gefängnis verbrachten.

Gegen Ende des Jahres '94 geriet Beni erneut in Schwierigkeiten. Seit ein neuer Direktor der Destille die Lagerverwaltung übernommen hatte, konnte niemand mehr auch nur einen Tropfen Alkohol entwenden. Beni verließ seinen Arbeitsplatz und versuchte ein bisschen Geld zu verdienen, indem er Bücher und Gemälde an die Touristen auf der Plaza de Armas verkaufte. Die Bücher verkörperten eines seiner wenigen und meistgeschätzten Güter, die er während der Zeit der fetten Jahre erworben hatte, als der kubanische Staat die Verlagsindustrie subventioniert hatte. Ein gebundener Roman von 300 Seiten kostete in Kuba vor der Krise 80 Centavos (vier US-amerikanische Cents). Seine Bücher und die vom Vater geerbten zusammengezählt, der zu Lebzeiten auch ein unermüdlicher Leser gewesen war, kamen bei ihm zu Hause mehr als 4000 Exemplare zusammen, fast alles Romane. Die Gemälde stammten alle von Cosme, einem Künstler aus dem Viertel, der – in naivem Stil arbeitend – auf Motive der kubanischen *Santería* spezialisiert war.

Als Buchhändler überlebte Beni nicht einmal zwei Wochen. Obwohl es für das Essen seiner Kinder war, verursachte ihm jedes verkaufte Werk ein Gefühl von Elend,

Treulosigkeit und Schuld. An jenem unglücklichen Nachmittag, an dem er für zehn Dollar die fünf Bände von *Tom Jones* verkaufte, verbrachte er den Rest des Tages mit einem Druckgefühl auf der Brust. Auch als Kundenbetreuer war er ein Fiasko. Ihm fehlten die Aggressivität und die Unverschämtheit, die notwendig waren, um den Touristen richtig zuzusetzen und ihnen die Gemälde aufzudrängen.

Während dieser Monate war ihm Riko, die Frau von Mon, eine große Hilfe. Aber Anfang des Jahres '95 kam Beni die rettende Idee. In dieser Zeit, als der kubanische Peso sich von 140 auf 20 pro Dollar erholt hatte, richtete der Staat die sonntäglichen Agrarmärkte ein. Um die Preise auf dem Parallelmarkt zu kontrollieren, führte der Staat eine Art monatliches Preisdumping auf dem Sektor der Agrarprodukte ein. Am letzten Sonntag eines jeden Monats wurden in allen Stadtvierteln Agrarmärkte eingeführt (die sich bis heute gehalten haben), auf denen man für eine Peseta (das entsprach einem US-amerikanischen Cent) zum Beispiel einen Kohlkopf oder ein halbes Dutzend Orangen kaufen konnte, und für fünf Centavos einen Zopf Knoblauch. Und zu diesen Preisen, so wurde Beni klar, würde es ihm, mit seinen Kenntnissen der Sterilisierung, ein Leichtes sein, superbillige Nahrungsmittel aufkaufen zu können. Er rechnete nach und erkannte, dass fünf Dollar im Monat (das entsprach 125 Pesos nach dem neuen Kurs) ausreichend waren, um auf diesen Märkten des letzten monatlichen Sonntags genügend Yuca, *Malanga*, Bananen, Zwiebeln, Paprika, Knoblauch, *Kimbombó*, Kohl, Kürbisse, Salat, Mangold, Spinat, Rote Rüben, Mohrrüben und Tomaten zu kaufen, um seine achtköpfige Familie ernähren zu können.

Mit Hilfe der Nachbarn und aus Mülltonnen sammelte er Glasbehälter mit großer Öffnung, bis er schließlich an die 300 in seiner Wohnung beisammen hatte. Nachdem er sie steril gemacht hatte, füllte er darin Mischungen aus

Kopfsalat, Tomaten, Gurken, Kohl, Paprika und weißer Zwiebel ab. Er bereitete in den sterilisierten Gläsern auch verschiedene Würzmischungen für Salate zu: mit Knoblauch, Basilikum, Pfefferschoten und verschiedenen Arten von Speiseöl oder Essig. Aber sein Meisterwerk, mit dem er mit der Zeit all seine Probleme lösen konnte, war eine starke Suppe aus Kimbombó. Nach mehreren Versuchen entschied er sich für ein Rezept, das aus 50 % Kimbombó, 20 % roten Zwiebeln, 10 % Kürbis, 7,5 % süßem Knoblauch, 5 % Kohl, 5 % Mangold und 2,5 % Mohrrüben bestand. Als einzige Würzmittel benutzte er Salz, eine kleine Prise Pfeffer, Sellerie und Kümmel. So erzielte er eine starke, dickflüssige Suppe von gutem Geschmack und mit der köstlichen Cremigkeit des Kimbombó. Beim Essen konnte man sie nach eigenem Geschmack nachwürzen oder mit Ei, verschiedenen Fleischsorten, Wurst, heißen Würstchen, Knochen, Fisch und Maggi- oder Knorrwürfeln anreichern. Die Suppe war ein voller Erfolg, zunächst in der Familie und dann im ganzen Viertel.

An jedem letzten Sonntag im Monat mietete Beni die Dienste eines Burschen aus der Nachbarschaft, der eine Lastenrikscha besaß, mit dem er auf den Markt fuhr, um sich mit Gemüse zu versorgen. Er kam um fünf Uhr morgens dort an und kehrte um neun mit seinen ganzen Einkäufen zurück. Den Rest des Sonntags und den darauf folgenden Montag verwendete er darauf, die Gläser zu sterilisieren, die Salate zu zerschnippeln und all das andere Gemüse zu kochen. Auf der nahrhaften und reichhaltigen Grundlage jener cremigen Suppe, die für so viele zusätzliche Geschmacksrichtungen geeignet war, war es von nun an eine einfache, saubere und schnelle Aufgabe, für die acht Esser des Haushalts zu kochen. Damals hatte er die Eingebung, das Ganze auf geschäftsmäßiger Ebene auszuweiten. Der Appetit, mit der seine ganze Familie Kimbombó aß, wie sie die Suppe nannten, obwohl sie 50 % andere Gemüsesorten enthielt, brachte ihn darauf.

Und nachdem er alles ein paar Mal durchgerechnet und das Projekt mit seiner Frau und seiner Schwester diskutiert hatte, verbrachte Beni ohne weiteres Zögern mehrere Tage damit, sein Viertel in El Cerro, *Santos Suárez* und *La Víbora* zu durchstreifen, um Haus für Haus Glasbehälter aufzukaufen, bis er mehr als tausend beisammen hatte. Schließlich erschien Beni am letzten Junisonntag des Jahres 1995 frühmorgens auf dem Markt, wo er begann, in großen Mengen einzukaufen. Der Junge mit der Rikscha musste fünf Fahrten zurück nach Hause machen, bis sie schließlich um ein Uhr nachmittags fertig waren. Erschöpft legte Beni sich zu einem Mittagsschläfchen hin und machte sich dann mit der Hilfe des ältesten seiner Söhne, der schon zwölf wurde, an die Aufgabe, 900 Gläser à 750 cl zu sterilisieren, während seine Frau und seine Schwester Grünzeug schnippelten, die Suppe kochten und einfüllten. Insgesamt brauchten sie für diese Gemeinschaftsarbeit zweieinhalb Tage, aber sie brachten eine ausreichende Menge zusammen, um im Monat 30 Portionen am Tag verkaufen zu können.

Beni rechnete aus, dass ihn jede Portion 80 kubanische Centavos kostete, die ihm, zum Preis von fünf Pesos verkauft, einen guten Gewinn einbringen würde. Wenn er es tatsächlich schaffte, monatlich 900 Portionen zu verkaufen, würde er 3780 Pesos verdienen, was 189 Dollar entsprach.

Nachdem er seine erste Lagerhaltung beisammen hatte, begann er, das Viertel abzuklappern, Bekannte zu besuchen und eine tatkräftige Verkaufskampagne des Kimbombó für nur drei Pesos das Glas anzuleiern. Und schon im Juli schaffte er es, 900 Gläser in nur 20 Tagen zu verkaufen. Das bedeutete, dass er, um größere Mengen zu produzieren, andere Versorgungsquellen würde finden müssen. Daraufhin entdeckte er, dass ihm an der Peripherie von Havanna die Privatbauern alles Erforderliche verkauften, und das zu Preisen, die sehr nah an denen der

Sonntagsmärkte lagen. Und Ende Oktober schließlich, nach noch mal 90 Tagen erschöpfender Arbeit, schaffte es Beni, dass ihm 2100 Portionen zu fünf Pesos abgekauft wurden, und er schätzte, dass er damit an die Grenze seiner Produktionskapazität gekommen war. Mit einem Gewinn von etwas mehr als 300 Dollar im Monat gab er sich zufrieden. Niemand in seinem Haus würde noch einmal Not leiden, was Essen, Kleidung oder Schuhe anging.

Die Suppe wurde schließlich im Viertel so beliebt, dass die Leute begannen, drei oder fünf, ja manchmal sogar zehn Portionen auf einmal zu kaufen. Tatsächlich stellte man im Viertel sehr schnell fest, dass man mit ein paar Zutaten, Eiern, Huhn, Schweinefüßen, Schinken, Speck oder Würstchen, Reis oder Fadennudeln, Yuca, Malanga, Süßkartoffeln oder jeder anderen Knollenfrucht, über ein nahrhaftes, sehr billiges Essen verfügte, und das in reichlichen Portionen.

EL MON
Ramón Barona y Alcázar

Mon, obwohl von Kind an der hässlichste, schwächste und komplexbeladenste der Reiter, war schließlich im Leben ein Triumphator. Er war sehr frühreif und wurde schon in der Oberschule als Genie angesehen. Der Mathematiklehrer hatte ein Problem an der Tafel noch nicht bis zum Ende vorgestellt, da flüsterte Mon seinen Kumpanen schon die Lösung zu. Mit 25 Jahren, er hatte gerade seinen Abschluss in Pharmazie gemacht, zeichnete er sich durch seine inspirierende Teilnahme an einem Wissenschaftlerteam aus, das eine Substanz untersuchte, die aus Marihuana gewonnen wurde und bei Hautkrankheiten anwendbar war. Sein Talent und seine ausgezeichnete Beurteilung an der Universität brachten ihm die Rekrutierung zu einer ausgesuchten Gruppe von jungen Wissenschaftlern beim Institut für Biotechnologie ein. Zwei Jahre später wurde er nach Tokio versetzt. Nach der Unterzeichnung eines Abkommens mit einem japanischen Forschungszentrum entsandte das Institut Mon zur Teilnahme an einem gemeinsamen Projekt, und dort blieb er bis Anfang des Jahres '89. Zu dieser Zeit kehrte er nach Kuba zurück, nachdem er noch zwei weitere Leistungen vollbracht hatte: die äußerst schwierige Sprache der Aufgehenden Sonne zu lernen und in ihr wissenschaftliche Themen diskutieren zu können und, trotz seiner Hässlichkeit, Riko Sawada, eine schöne japanische Tänzerin, zu bezirzen und nach Kuba mitzunehmen, wo sie in Havanna in die Gruppe des *Conjunto de Danza Moderna* eintrat.

Seit Anfang 1993 leitete der Pharmakologe Ramón Barona eine Forschungsabteilung im Institut für Biotechnologie.

Mayito war 50 Stunden jünger als Mon. Der eine wurde am 12. August 1960 geboren, der andere am 10. August, aber von ihrer Jugendzeit an feierten die beiden ihre Geburtstage zusammen am 11. August. Das erste gemeinsame Fest feierten sie, als sie 15 wurden, in Gesellschaft von Beni und Nitro. Zu dieser Zeit war Buitre schon zum jugendlichen Delinquenten abgestempelt und saß eine Strafe im Jugendgefängnis ab. Diese Feiern wurden bei Beni veranstaltet, in dem Riesenhaus, das sein Vater, der Kämpfer in der *Sierra Maestra* gewesen war, beim Sieg der Revolution als Eigentum erhalten hatte.

Das Fest bestand aus einem Büfett, zubereitet von Benis Schwiegermutter Doña Esperanza, einer erhabenen Künstlerin der kreolischen Küche. Dann folgten Musik und Tanz, die Trommeln und der Gesang von Nitro, der neben seinen religiösen Ambitionen sich auch als *Guaracha*- und Bolerosänger hervortat.

Seit 1989, als Nitro ins Gefängnis kam, nahm Riko, Mons japanische Frau, bei den Geburtstagsfeten seinen Platz ein. Sie begleitete sich beim Repertoire der Beatles auf der Gitarre und galt als einwandfreie Salsatänzerin. Und eine Japanerin so mir nichts, dir nichts mit den teuflisch guten Tänzern des Cerro tanzen zu sehen, ohne sich in den ganzen Verrenkungen und Drehfiguren, die sie mit ihr vollführten, zu verlieren, die sich auch in den Schritten der *Rueda de Casino* nicht vertat und so viel Anmut zwischen Lächeln und Hintern, zwischen Hüftknick und vibrierenden Schultern verbreitete und dabei so in Übereinstimmung mit dem Rhythmus war, wie es viele Mulattinnen der Hinterhöfe gerne wären, das allein war schon das ganze Fest wert. Aber diejenige, die am meisten Spaß dabei hatte, war sie selbst. Sie machte mit ansteckender Begeisterung bei allem mit. Sie half in der Küche und beim Auftragen des Essens und aß vor allem selbst mit einem Genuss, der jede Köchin mit Stolz erfüllte.

Als Tochter eines liberalen Kaufmanns aus Kyoto und

einer Malerin aus Bombay war Riko zwischen den Köstlichkeiten der japanischen und der indischen Küche aufgewachsen, hatte aber schon sehr früh, während ihrer Besuche als Tanzschülerin in London, Paris und Rom, die hohe Kunst der internationalen Küche übernommen. Und überall, Kuba eingeschlossen, lebte sie auf dem hohen Niveau, das ihr die Solvenz ihres Vater bescherte.

Dass eine so unzweifelhafte Kennerin wie Riko mit so viel Begeisterung und Aufrichtigkeit die Küche von Doña Esperanza lobte, veranlasste Mon eines Tages zu dem Kommentar: »Mensch, Beni, ich an deiner Stelle würde mich nicht länger mit dieser verdammten Suppe abmühen, sondern einen *Paladar* aufmachen, mit deiner Schwiegermutter als Köchin.«

Halb im Spaß, halb im Ernst schlug Mon Beni vor, eines jener Familienrestaurants zu eröffnen, die damals in ganz Kuba hohe Wellen schlugen. Riko pflichtete ihm ganz begeistert bei, da sie, abgesehen von der Kochkunst Doña Esperanzas, auch Benis Haus bewunderte, den Überrest eines kleinen Palastes im Stil des architektonischen Eklektizismus der 20er Jahre, der als Behausung eines Zuckerbarons errichtet worden war. Als Japanerin an leicht gebaute Wohnungen mit niedrigen Decken gewöhnt, war sie begeistert von den dicken Wänden des Wohnzimmers, die sich fast sechs Meter hoch bis zur Zimmerdecke erhoben, an der noch die alten, vielfarbigen Stuckmuster und Gipsverzierungen zu erkennen waren, von den großen, farbigen Fußbodenkacheln mit ihren Teppichmustern, den Arabesken an den schmiedeeisernen Gittern des Portals, den vierfach geklappten Fensterläden und vor allem von den bogenförmigen Verglasungen, die Türen und Fenster bekrönten und trotz der ständigen Baseballspiele auf der Straße noch heil waren.

Zum Geburtstagsfest des Jahres '95 bereitete Riko eine Torte mit 70 Kerzen vor, und jeder der beiden Gefeierten musste seine Hälfte auspusten. Zu diesem Anlass bezahlte sie aus eigener Tasche auch ein Gitarrentrio.

Es war fast Mitternacht, als in der Hitze der Drinks und der Euphorie des Augenblicks Mayito Mon mit sich in den hinteren Hof zog und ihm dort zum ersten Mal von seinen Forschungen zum Thema Priapismus und von der Carambola-Süßspeise erzählte. Vorher hatte er dies taktvollerweise nicht gewagt, damit Mon, der immer mit Arbeit überlastet war, sich nicht dazu verpflichtet fühlen sollte, ihm aus Gründen der Freundschaft Zeit, wissenschaftliche Erfahrung und Unterstützung zu widmen. Aber Mon reagierte mit unerwarteter Begeisterung. Er bat Mayito, die ganze Geschichte ausführlich zu erzählen. Sein Gespür und die verrückten Häufungen von Priapismus im Weiler von Chamizo brachten ihn grundsätzlich zur gleichen Meinung wie Mayito: Unmöglich konnten das Zufälle sein. Aber als guter Forscher zeigte er sich misstrauisch.

»Und auf welcher Grundlage hast du die Thrombose diagnostiziert?«

»Na, Mensch, Junge, schließlich bin ich Arzt, darin werd ich mich wohl nicht täuschen.«

»Ja, ja … Aber was waren die genauen Symptome?«

»Verdammt, die Farbe, die Gerinnsel, die blutunterlaufenen Flecken, der Einschnitt, ohne dass Blut floss …«

»Ist schon gut, aber der Priapismus nach dem Beischlaf. Kann das keine Prahlerei oder Spinnerei dieser Bauern sein?«

»Junge, ich leg nicht die Hand ins Feuer für das, was mir so ein Bauer sagt, aber dafür bist du ja da: Injiziere die Carambola deinen Meerschweinchen und Hunden, lass sie rammeln und untersuch das mal.«

Mon hängte sich besonders an dem Auftreten an allen drei Schwellkörpern auf. »Die ganze Pfeife unter Thrombose? Echt?«

Er begann mit langen Schritten den Hof zu durchmessen und schließlich in einer Art Monolog zu reden.

Wenn man beweisen würde, dass die Carambola-Süßspeise die von Mayito beobachteten einzigartigen Merkmale hervorrief, die so verschieden waren von den in der aktuellen Spezialliteratur beschriebenen, wäre der Fall eine grundlegende Untersuchung wert, und dies nicht nur für die Ursachenerforschung des Priapismus. Vielleicht könnte man irgendein pharmakologisches Prinzip aufdecken, das als starker Gerinnungsfaktor wirkte. Wenn die Urologen behaupteten, dass das Blut im Penis niemals gerann, und wenn die Einnahme der Carambola-Süßspeise das Gegenteil bewies, würde diese vielleicht zu einem wertvollen Grundstoff für Pharmaka werden, die zur Behandlung der Impotenz dienen könnten. Außerdem war da die enorme Nachfrage nach Erektionsstimulantien auf dem Weltmarkt. Die Institutsleitung würde eine Untersuchung dieser Angelegenheit sofort unterstützen, und zwar mit allem Drum und Dran.

»Die würden uns mit Personal, Geräten, kurz, mit Mitteln ausstatten.« Er deutete mit dem Zeigefinger auf Mayito. »Stell mir eine Liste zusammen mit allem, was ich über Priapismus lesen soll.«

Ehrlich gesagt, träumte Mon schon seit langer Zeit von einem solch ehrgeizigen Projekt. Und am Ende war er es, der Mayito vorschlug, zusammen eine Forschungsarbeit zu beginnen.

»Gemeinsam weiterzumachen«, berichtigte Mayito.

»Ja, genau, gemeinsam weitermachen. Aber stell mir die Bibliographie zusammen, Mann. Morgen geh ich gleich ins INFOMED.«

»Nein, morgen musst du ins Gefängnis, Nitro besuchen«, erinnerte ihn Mayito.

EL NITRO
Narciso Matamoros y De la O

Geboren am 3. Januar des Jahres '59, wuchs Nitro im Fons auf, einer Hinterhofnachbarschaft von sehr randständigem Milieu, zwei Häuserblocks von Benis Wohnung entfernt.

Nitro kannte seinen Vater nicht. Seine einzige Schwester, einige Jahre älter als er, war Zivilangestellte der *Fuerzas Armadas Revolucionarias* und mit einem Hauptmann verheiratet, der aus Trinidad stammte und in den Escambray-Bergen lebte. Mit ihr war seine Mutter fortgezogen, und da Narciso sich nicht mit seinem Schwager verstand, lebte er, seit er 17 Jahre alt war, allein in demselben Zimmer im Fons, in dem er geboren worden war. Manchmal mit einer Partnerin zusammen, aber im Allgemeinen hielten es die Frauen nicht lange bei ihm aus. Sehr begabt für die Musik und vor allem für die Percussion, wurde er schon in sehr jungen Jahren Trommler bei religiösen Zeremonien. Als Schutzbefohlener von *Changó* und überaus religiöser Mensch gehörte er seit seinem 21. Lebensjahr einer *Abakuá*-Gruppe an. Um dort einzutreten, musste er unter anderem schwören, während einer Auseinandersetzung niemals abzuhauen, ein guter Sohn und Vater sowie ein guter Freund und »Mann gegenüber allem« zu sein. Letzteres bedeutete in seiner seltsamen Formulierung, dass einem Abakuá nicht der leiseste Anflug von Homosexualität gestattet war. Die Sekte ist so strikt in der Erfüllung dieser Regel, dass ihre Mitglieder niemanden ihren nackten Hintern sehen lassen. Auch ihre Geliebten dürfen ihn nicht sehen, ja nicht mal ihre Ehefrauen. Deshalb sind die Abakuás immer um Stil und Sauberkeit ihrer Unterhosen besorgt. Und wenn jemand in der Hitze des Karnevals den Hintern eines Abakuá unabsichtlich auch nur streift, setzt er sich der Gefahr eines Messerstichs aus.

Im Viertel galt Nitro als rechtschaffene Person, aufrichtig und hilfsbereit. In Dinge der Revolution mischte er sich nicht ein. Nicht dafür und nicht dagegen. Wenn ihn das *Komitee* bei irgendeiner Sache um Hilfe bat, machte er für gewöhnlich mit, aber mehr aus dem Gefühl der guten Nachbarschaft heraus als aus Angst oder Schöntuerei. Ihm gingen die *Gusanos* genauso auf die Nerven wie die Fundamentalisten. Seine wahre Welt war die der *Santos*. Besorgt um das Überleben und die Ewigkeit der Seele, waren ihm die kurzlebigen sozialen Umwälzungen, Revolution hin, Revolution her, keiner größeren Aufmerksamkeit wert.

1989, als er 30 Jahre alt war, sah Nitro, während er sich ein paar Bierchen in einem geheimen Ausschank in der Calle Falgueras genehmigte, den »Jochbeinbrecher«, eine Schlägertype von gewaltiger Korpulenz und schlechtem Ruf, der einen seiner Freunde beleidigte und schlug, einen schwächlichen, immer korrekten Menschen, der unfähig war, sich jemals mit irgendwem anzulegen. Nitro, der die Streiterei von Anfang an gesehen und gehört hatte, konnte die Misshandlung nicht länger ertragen und griff zu Gunsten des Schwächeren ein. Der Schläger ging nun auf ihn los und beleidigte ihn vor den Anwesenden als Arschloch und Schwuler und stürzte sich schließlich mit einem Klappmesser in der Hand auf ihn. Doch Nitro schickte ihn mit einem einzigen blitzartigen Messerstich zwischen die Rippen auf den Friedhof *Cementerio Colón*. Ihn schickten sie dafür ins Gefängnis *Combinado del Este*, verurteilt zu 15 Jahren wegen fahrlässiger Tötung. Nichtsdestotrotz sprach ihn das Viertel von jeder Schuld frei. Er hatte aus Gründen der Ehre getötet, aus Treue zu seinen Prinzipien und in Erfüllung des ersten und des vierten Gebots des Abakuá-Kodexes: Nicht weglaufen und ein guter Freund sein.

Beni, ein Revolutionär mit gebremstem Schaum, Mayito zwischen lau und warm und Mon nach der Devise »*Patria o Muerte*« waren zugleich ganz unvermeidlich als Produkte eines Viertels geprägt, in dem niemand von seinem Nächsten verlangte, rein und ohne Makel zu sein, und in dem physische Tapferkeit als Kardinaltugend geheiligt wurde. Und da Nitro von Kindesbeinen an der unwidersprochene Hauptmann der Reiter war, der in jedem Streit den Kopf für die anderen hinhielt, bewahrten sie ihn nun, da er wegen der Verteidigung eines Hilflosen gegen einen Unmenschen ins Gefängnis gekommen war, als Idealbild von Mannhaftigkeit und ergebener Loyalität in ihren Herzen. Deshalb sahen die drei es als eine Ehre an, weiterhin seine Freunde zu sein. Solange er in Freiheit war, hatten sie es nie versäumt, ihn mit seinen Trommeln und seiner sprichwörtlichen Fröhlichkeit zu Geburtstagen, Hochzeiten und Familienfesten einzuladen, und nun, da er eingesperrt war, ließen sie keine Gelegenheit aus, ihn im Gefängnis zu besuchen.

Am 30. August '95 kreuzte Mon zur Besuchszeit auf. Er brachte die fünf Bücher, um die Nitro Mayito gebeten hatte, dreißig Schachteln Zigaretten und einen Korb mit den gleichen Fressalien, die ein paar Tage vorher bei der Geburtstagsfeier in Benis Haus aufgetischt worden waren. Auch Nitro war ein Bewunderer der Küche von Doña Esperanza. Er war begeistert vom Kimbombó, und mit den *Frituritas de Malanga* schmeckte es bodenlos gut.

Außer den Lebensmitteln, Zigaretten und Neuigkeiten aus dem Viertel überbrachten ihm die drei Reiter ihre Zuneigung und die Bestätigung ihrer Freundschaft. Trotzdem wurde die Kommunikation zwischen Mon und Nitro während der Besuche von Mal zu Mal heikler. Sie fanden nichts, worüber sie reden konnten. Der Schwarze lehnte Mons Atheismus ab. Obwohl er niemals versucht hatte, ihn zu missionieren, lebte er in der Überzeugung, dass jeder Atheist ein verblendeter Hornochse war, und als Gläubiger stellte er die wissenschaftlichen Kenntnisse und die Intelligenz eines Menschen in Frage, der ein Leben in Dunkelheit gewählt hatte. Das war eine Verrücktheit, wie sie nur Irregeleiteten in den Sinn kommen konnte, die keinen Sinn fürs Praktische im Leben hatten, wie viele Intellektuelle und begeisterte Kommunisten. Aber Mon war doch ein Mann, sein treuer Freund – das war mehr als erwiesen. Und schließlich war er mit seiner von klein auf daheim im Viertel aufgesogenen Toleranz doch nicht derjenige, der Mon zu sagen gehabt hätte, was er glauben sollte.

Mon seinerseits erschreckte es, dass heutzutage Tausende von Kubanern – Schwarze, Mulatten, Weiße, unter ihnen einige Universitätsabsolventen – manchmal ein Jahresgehalt in die Ehrungen und Opfer ihrer Götter investierten, um ihren Schutz und ihre Gunst für ihre Unternehmungen in Liebes-, Hass- und Geldangelegenheiten zu erlangen.

Das schlug doch dem Fass den Boden aus, Junge, dass heute, zu einer Zeit, in der ferngelenkte Automaten zum Einsammeln von Steinchen auf den Mond geschickt wurden und in der andere Apparate gebaut wurden, die Millionen von Rechenoperationen in der Sekunde bewältigen konnten, ein Akademiker, ein Arzt, ein diplomierter Physiker oder Chemiker, wie einige Bekannte von Mon, den Auslegungsfähigkeiten eines *Babalao* gehorchten und den Botschaften von *Orula*, von Changó oder *Yemayá* – Gottheiten, die von der afrikanischen Volksseele in der Nacht ihres Mittelalters vor mehr als einem Jahrtausend erschaffen worden waren.

Seit Mon nicht mehr im Cerro wohnte, hatten die Zusammenkünfte mit Narciso auf Festen stattgefunden, die er ausgiebig zu genießen pflegte. Mon tanzte Rumba, spielte Congas und sang aus dem Gedächtnis das *Yorubá*-Repertoire von Narciso, die den Gottheiten geweihten

Lieder eingeschlossen, die er seit seiner Kindheit in den Hinterhöfen des Viertels und im Haus seines schwarzen Großvaters, der natürlich ein Babalao war, gelernt hatte. Aber schon seit dem Ende ihrer Jugendzeit erschienen ihm die Treffen mit Narciso, wenn sie allein, ohne Musik und in Nüchternheit stattfanden, unbehaglich. Er fand keine Gesprächsthemen, die einen Abakuá mit nur neun Klassen Schulbildung interessierten. Alles, was sie ansprachen, erschien gezwungen.

Aber diesmal war das Treffen unterhaltsam, und die Zeit verging im Flug. Als Mon zu erzählen anfing, was Mayito in Oriente entdeckt hatte, hörte ihm Narciso begeistert zu. Bis zu diesem Augenblick hatte er von der Existenz einer solchen Krankheit nichts gewusst.

»Pri wie? Pria, was für 'n Ding? Sag das noch mal, mal sehn, ob ich das lerne.« Und während er Mon zuhörte, lachte er ungläubig. »Oh, Junge! Und was muss man tun, um diese Krankheit zu kriegen?«

Mon berichtete ihm von dem geplanten Projekt, dass sie zunächst mit Meerschweinchen und anderen Labortieren experimentieren wollten, und er beschrieb ihm einige der komplizierten Apparate und ihre Funktionen.

Was für eine wunderbare Sache. Narciso hörte ihm mit offenem Mund zu. Daran zu denken, dass, während die einen mit Hacke und Schaufel schufteten, sich andere ihren Lebensunterhalt damit verdienten, die Rammelei von Ratten und Hunden zu studieren.

Als nur noch zehn Minuten bis zum Ende der Besuchszeit fehlten, zündete Mon die Bombennachricht: Einige Wochen zuvor hatte Beni mit einem befreundeten Anwalt geredet, der im Nationalen Gefängnisinstitut arbeitete und herausgefunden hatte, dass Narciso innerhalb von 18 Monaten in die Freiheit entlassen werden solle, wenn er sein achtes Jahr Haft abgesessen hätte. Von den fünfzehn, die er hätte sitzen müssen, würde er nur acht voll machen müssen, in Anerkennung seiner guten

Führung. Der Anwalt hielt die Entlassung aus dem Gefängnis für sicher, aber er merkte an, dass Narciso dies bis ein Jahr vor Gewährung der Freilassung nicht bestätigt werden würde.

»Und die Sache mit dem Schlächter?«

»Sie haben begriffen, dass du's aus Gerechtigkeitsgefühl getan hast, und sie werden's dir nicht anrechnen.«

Ein Jahr zuvor hatte Narciso einen Wächter geschlagen und war damit zum Auslöser einer tumultartigen Auseinandersetzung in seinem Block geworden. Aber die Kommission, die den Vorfall untersuchte, kam zu dem Schluss, dass der Gefängnisaufseher wegen der Verletzung elementarer Rechte der Häftlinge der einzig Schuldige an dem Aufruhr war. Die Rebellion von Narciso wurde als Reaktion zur Verteidigung der Menschenwürde angesehen. Daher würde man ihm dies bei der Entscheidung über die Reduzierung seiner Strafe nicht als Fall von schlechter Führung vorhalten.

»Mensch, was für eine Erleichterung, mein Bruder.«

Abgesehen von den Zigaretten und den Fressalien von Doña Esperanza, hatte ihm Mon gerade sechs Monate Freude geschenkt: die, die noch fehlten, bis er die Ankündigung seiner bevorstehenden Freiheit offiziell erhalten würde. Und die er noch Minuten zuvor nicht zu erlangen gehofft hatte, bevor er 45 Jahre alt wäre. Es war schließlich nicht egal, ob man mit 45 oder mit 38 aus dem Knast kam.

EL BUITRE
Salvador Buitrago y Góngora

Da er einige Monate nach Narciso geboren wurde, war Buitre dem Alter nach der zweite Reiter. Er war stark und groß, im Viertel akzeptiert und wurde wegen seiner lebhaften und ausgelassenen Phantasie bewundert. Niemals hatte er in seinem kindlichen Verhalten auch nur irgendetwas offenbart, das auf den späteren asozialen Jugendlichen hingedeutet hätte. Im Viertel sagte man, dass ihn der plötzliche Tod seiner Mutter aus der Bahn geworfen habe, als er elf Jahre alt war, und vor allem das Anbandeln seines Vaters mit einer jungen Nachbarin fast sofort danach. Es war etwa zu dieser Zeit, als Buitre sich von den anderen Reitern entfernte. Wenn er sah, dass sich einer von ihnen näherte, gab er vor, ihn nicht zu sehen, wechselte die Straßenseite oder entfloh in die entgegengesetzte Richtung. Ihn bedrückte die Scham darüber, dass sein Vater zu Hause ein zwanzigjähriges Mädchen an die Stelle seiner Mutter gesetzt hatte. Er hörte auf, in die Schule zu gehen, und trieb sich tagelang auf der Straße herum. Später begann er, häufig »El Batey«, eine Vorstadt an der *Calzada del Cerro*, aufzusuchen, die voll gestopft war mit asozialem Gesindel. Als die Reiter dies bemerkten, machten sie mehrere Versuche, ihn zurückzugewinnen, aber er wies sie ab. Und noch bevor er dreizehn wurde, plünderte er zusammen mit seinen neuen Freunden aus Batey das Haus seines Vaters, eines Arztes, der aus einer begüterten Familie stammte und den Schmuck seiner Vorfahren und andere Wertgegenstände aufbewahrte. Als sie ihn etwa zwei Monate später schnappten, schickten sie ihn in eine Besserungsanstalt für Minderjährige, aus der er am Heiligen Abend des Jahres '74 abhaute. Am Weihnachtsmorgen brach er ein Fenster seiner eigenen Wohnung auf und griff seinen Vater mit einem Baseballschläger an. Er brach ihm das Schlüsselbein und ein paar Rippen. Im April 1975 wurde er zu drei Jahren verurteilt und blieb in der Jugendstrafanstalt, bis er 18 wurde.

Die Jahre '81 und '82 saß er im Combinado del Este ein, wegen Mittäterschaft an einem Raub mit Gewaltanwendung. Seine längste Zeit im Gefängnis verbrachte er zwischen '84 und '92 wegen fahrlässiger Tötung. Er bekam fünfzehn Jahre, saß aber wegen guter Führung nur acht ab. Dann kam er 1995 wegen Zuhälterei und Verletzung einer Frau in ein Gefängnis in *Matanzas*. Anfang '97, mit 37 Jahren, hatte er schon fünfzehn davon hinter Gittern verbracht.

Er hätte es vorgezogen, nicht ins Viertel zurückzukehren, aber da er sonst keine Wohnung hatte, erkämpfte er sich seinen Platz in dem Haus, das seinem Vater gehört hatte, der ein paar Jahre zuvor gestorben war. Er wusste schon, dass er ein unverbesserlicher Straftäter war, und hatte auch nicht die Absicht, sich zu ändern. Und er wusste auch, dass er sich in ein unerwünschtes und von allen gefürchtetes Subjekt verwandelt hatte.

Die junge Konkubine seines Vaters hatte das Haus in Beschlag genommen. Mit ihr zusammen lebten dort ihre Mutter und zwei erwachsene Brüder, die beide verheiratet waren. Aber als Sohn des letzten Besitzers stand Buitre, der in diesem Haus geboren und aufgewachsen war, die Hälfte zu. Die junge Frau und ihre Familie sahen sich gezwungen, zwei der sechs Zimmer zu räumen, dazu ein Bad und den ganzen hinteren Hof. Und da sie die Räumlichkeiten nicht mit dem Bösewicht teilen wollten, zahlten sie für den Bau einer Trennwand.

Wenige Tage nach seiner Rückkehr ins Viertel traf Buitre mit Mayito und Mon zusammen, als sie vor dem Haus von Beni aus einem Toyota stiegen.

»Mensch, Mayito, für dich vergeht die Zeit nicht.«

»Du weißt, dass ich auf mich achte, Buitre.«

»Ja, Junge, na so was, ich finde, du siehst gut aus, und von Mon ganz zu schweigen«, kommentierte Buitre, während er einen Kotflügel des Toyota streichelte. »Haste das große Los gezogen, Mann?«

»Nein, ich hab bloß 'ne Japanerin gezogen ...«

»Mensch, Kumpel, Glückwunsch.«

Diese Art kubanischer Plausch war ein gutes Mittel, um keine lästigen Themen abhandeln zu müssen, denn selbstverständlich war zwischen ihnen nicht mal mehr die Asche der alten Freundschaft übrig. Es gab schon lange keine Zuneigungen mehr, die hätten wiederbelebt werden können. Das wusste Buitre nur zu gut. Seiner Meinung nach taten die Reiter schon ziemlich viel, wenn sie ihm den Gruß nicht verweigerten, wie andere Nachbarn aus dem Viertel.

Auf alle Fälle hatte der Ex-Sträfling Salvador Buitrago y Góngora mit seinen 37 Jahren den Vorsatz gefasst, in Frieden mit dem Viertel zu leben. Die Nachbarschaft zu grüßen kostete schließlich nichts, und wie viel mehr Grund gab es, diejenigen zu grüßen, die einmal seine unzertrennlichen Freunde gewesen waren. Andererseits war das Zentrum seiner Straftaten schon seit Mitte der 80er nicht mehr El Cerro, sondern *San Miguel del Padrón.*

HOMMAGE AN NITRO

Als Nitro in Freiheit kam, im Februar '97, widmeten sie ihm im Viertel verschiedene Willkommensfeste, aber das aufsehenerregendste und überschäumendste Fest richteten ihm die Reiter im März aus.

Als sie sich wieder von Angesicht zu Angesicht gegenüberstanden, gab es eine wilde Abklatscherei, und sie tranken gleich im Stehen Rum, direkt aus der Flasche. Mon nahm Nitro beiseite und steckte ihm einen Umschlag mit Geldscheinen zu, die seine drei Freunde für ihn zusammengelegt hatten. Nitro dankte ihnen mit Tränen in den Augen, aber er nahm ihr Geld nicht. Er führte an, dass er mit seiner Arbeit im Gefängnis im Laufe von acht Jahren genügend angesammelt habe, um sein Leben neu zu beginnen. Er gedachte sich einen Dreierset *Batá*-Trommeln, einen Satz Congas, ein paar *Cajones* und eine *Marímbula* zu kaufen. Mit den Instrumenten würde er wieder zurückkehren in seine normalen Kreisläufe zwischen Santaría-Zeremonien, Anrufungen von Toten und den festlichen Trommeleien der Toques, die es im Rumba-Viertel von Cerro im Überfluss gab.

Doña Esperanza war die Tochter einer Schwarzen aus *Camagüey*, Köchin der Familie Falla Batista. Die hochstehende Familie, die für die gehobene kosmopolitische Küche einen Küchenchef aus Paris hatte einfliegen lassen, vertraute nichtsdestotrotz die kreolischen Gerichte der inspirierenden Hand der schwarzen Asunción an, oder Manosanta, Heilige Hand, wie sie vom Familienoberhaupt getauft worden war. An ihrer Seite lernte Esperanza mit Gefühl und Gebeten das Kochen und viele Geheimnisse der alten kubanischen Küche.

Für das Abendessen der Feier des 35. Geburtstages von Mayito und Mon hatte Doña Esperanza ein Büfett mit kreolischen Speisen angerichtet: gebratenes Schweinefleisch ohne Knochen, *Congrí*-Reis, Yuca mit *Mojo*, geschmorte Kimbombó, *Tamales* im Topf, Frituritas de Malanga, Bananen-*Fufú* und als Nachspeisen *Boniatillo* und Guayaba-Scheiben in Käsecreme.

Riko, die ihrem japanisch-indischen Gaumen etwas gönnen wollte, brachte zum Festschmaus ein Töpfchen scharfen Paprika mit. Schon als sie ein ganz kleines Mädchen gewesen war, hatte ihre Mutter sie daran gewöhnt, schrecklich scharfes Chili zu essen. Sie erklärte den anderen, dass bei fetthaltigen Speisen mit einem gleichzeitig sehr aromatischen und vorherrschenden Geschmack – wie im Fall von Curry, reichlich Knoblauch oder verschiedenen Kümmelsorten – ein Gewürz von neutraler Schärfe ihnen das Fett nahm, ohne den Würzgeschmack zu beeinträchtigen, sondern ihn im Gegenteil noch verbesserte. Als Gewürz von neutraler Schärfe bezeichnete sie eines, das keinen Eigengeschmack aufwies, wie das *Ají Guaguao, Capsicum frutescens L.*, das in Kuba als *Puta e su Madre* bekannt ist und wegen seiner Vielseitigkeit geschätzt wird, indem es für Schärfe sorgt, ohne den Geschmack abzutöten.

Seit der zweiten Geburtstagsfeier, an der Riko mit ihrem Töpfchen teilgenommen hatte, begannen einige Gäste, unter ihnen Beni, in immer stärkeren Mengen scharf zu würzen.

Auf dem Willkommensfest für Nitro wurden nach all dem leckeren Essen nach Tisch verschiedene kulinarische Themen behandelt. Am Ende kamen die Gespräche auf die Riesenleistung von Benis Familie, die darin bestand, im Monat mehr als 2000 Gläser der berühmten Suppe herzustellen, deren Verkauf kaum 300 Dollar einbrachte. In ihrer zungenbrecherischen Art kommentierte Riko, dass mit viel weniger Arbeit – wenn sie das Haus ein bisschen restaurierten, in einem Stadtviertel mit so viel Persönlichkeit – und mit der kreolischen Küche von Doña Esperanza ein Büfett für zehn Dollar pro Gast ein gutes Geschäft wäre. Sie schätzte, dass ein Paladar dieser Art gut und gerne 20 Gäste pro Tag empfangen könnte.

Zu Beginn der 90er Jahre sorgte eine brasilianische Telenovela in Kuba für die Verbreitung des weiblichen Wortes »paladar« als Bezeichnung für die kleinen Familienrestaurants, die die Regierung zur Erleichterung der schwerwiegenden Ernährungsprobleme der Período Especial genehmigt hatte. Die Japanerin dachte, dass ein Paladar, in dem Doña Esperanza kochte, sicher mit einem Mindestgewinn von 100 Dollar am Tag rechnen konnte.

»Riko hat mir das schon vorgerechnet«, meinte Mon, »und am Ende klappt's, und sie hat Recht. Wenn Geld im Spiel ist, wird sie zum Samurai …«

»Die Samurai will keine Geld, will Ehre.« Riko verwendete niemals den Plural. »Aber mein Vater Kaufmann und Großvater Kaufmann, zweiter Großvater Kaufmann, fünfundzwanzig Großvater Kaufmann, und ich Tänzerin, hi hi, aber viele Blut von Kaufmann.«

Und in ihrem wirren Spanisch, untermalt von japanischer Mimik, argumentierte sie, dass ein Paladar, wie war in ihre Kopf, gut hergezeigt für ganze Havanna, Beni frei machen mit eine Beutel voll Gemüse laufen, Gläser waschen und arbeiten wie chinesisches Kuli.

Keiner verstand ein Wort, bis ihr Mann übersetzte: Ein gut eingeführtes Paladar würde Beni seine groß angelegten futterbedingten Weidewechsel auf der Suche nach billigem Gemüse ersparen, ebenso wie die Sterilisierung von Tausenden von Gläsern und den groß angelegten Arbeitseinsatz, den er zum Erhalt der Seinen entfaltete.

»Was bedeutet gut eingeführt?«, fragte Beni.

Riko schaffte es diesmal, sich verständlich zu machen, und schlug vor, eine sehr auffällige Visitenkarte zu gestalten oder, noch besser, eine Karte mit den angebotenen

Gerichten. Etwas Kostspieliges, in Farbe, konzipiert und gestaltet von einem guten Grafiker, mit Allegorien über das Essen, seine Geschichte, seine Mythen, vielleicht mit irgendeinem Motiv der Santería und mit Erläuterung der Rezepte der angebotenen Speisen.

»Danach Karte schicken an alles Botschaft, alles ausländisches Firma.«

Máximo, ein schwuler Bühnenbildner in den Fünfzigern, den Riko an diesem Tag zur Fete für Nitro eingeladen hatte, geriet, kaum dass er begonnen hatte, sich die Restaurierung des Schlösschens vorzustellen, in helles Entzücken.

»Ja, schau doch bloß, um Himmels willen, Mädchen ...« Und indem er auf den Stützpfeiler von fast sechs Metern und die hohen Wände wies, fing er an, ihre Eignung als Untergrund von Wandgemälden zu preisen. »Das wäre ein traumhaftes Lokal.«

Er begann durch den Salon zu spazieren und ihn ganz so aufzuteilen wie eine Bühne. Mit gekrümmtem Hals, um die glatte Decke besser erfassen zu können, mit zusammengekniffenen Augen zur Berechnung des Raumes, eine Hand auf der Brust gekrümmt, die andere in die Seite gestemmt, die Faust auf die Hüfte gestützt, entschied er mit ausladender Geste, die Tische für die Gäste in einem kleinen, fünfeckigen Saal aufzustellen, der die Form einer Apsis hatte und vom angrenzenden großen Salon durch einen pilastergestützten Bogen getrennt war.

»Und hier«, sagte er, mit geöffneten Armen in der Mitte des Raumes stehend, »ist Platz für das Büfett und die Bar.« Inmitten des farbigen Fliesenbodens mit seinen Teppichmustern und den Wandreliefs in Girlandenform, der barocken Rosetten und dem hohen, geäderten Marmorsockel schlug Máximo die Einrichtung einer Ecke als Warteraum vor. »Ja, hier, in diesem Winkel.«

Dort, neben der Bar, würde er einen Halbkreis aus kolonialen Stühlen einrichten, im Wechsel mit tropischen

Pflanzen, einem *Tinajón* aus Camagüey, großen und kleinen Schaukelstühlen, schweren Holzsesseln und vielleicht einer alten Schiffstruhe.

Später erklärte Beni, dass die Villa, bevor seine Familie eingezogen war, dem Besitzer einer Zuckerfabrik gehört hatte, der im Jahr '59 ausgewandert war.

Bei der ersten Gelegenheit kam Riko wieder auf das Thema der scharfen Würzerei zurück. Sie behauptete, dass ihr die Gerichte von Doña Esperanza für ein internationales Paladar als ein wenig zu fettig erschienen, aber unter Zutat von ein bisschen angemessener Schärfe zur Neutralisierung des Fettes, ohne dabei den ausgezeichneten Geschmack zu beeinträchtigen, würde die Kombination aus guter Küche und einem so schönen Haus inmitten eines verfallenen Viertels sicher viele Ausländer anziehen. Sie bot sogar an, sich mit Beni zusammenzutun. Sie würde das Geld für die Restaurierung, die Farbe für die Malerarbeiten, die Schreinerarbeiten und den Kauf von elegantem Geschirr und ein paar passenden Möbeln bereitstellen und außerdem für die Kosten der Wandmalereien und der Werbeaufwendungen aufkommen.

Beni war schon nicht mehr in der Lage, noch an etwas anderes zu denken. Als, schon ziemlich spät, die Rumba begann, nahm er fast keine Notiz davon, dass seine Frau, die schöne Mulattin Adelaida, mit Nitro einen *Guaguancó* tanzte, und achtete auch nicht auf Doña Esperanza, schwärzer und eine bessere Tänzerin als ihre Tochter Adelaida, die sich mit Don Evaristo, einem Nachbarn aus den Hinterhöfen und Präsident des *CDR*, in einem *Yambú* hervortat.

Das beharrliche Insistieren Rikos auf die scharfen Gerichte hatte ihm gerade die produktivste Geschäftsidee seines Lebens eingegeben. Er würde ein Paladar eröffnen, wie Riko und sein Freund es beschrieben hatten, aber er würde dem Ganzen einen Hauch von Unterentwicklung verleihen, wie es Touristen und Intellektuellen so gefiel.

Sogleich schwebte ihm die Idee eines Paladar mit einem gewissen machistischen Einschlag vor. Oder noch besser eine *Picantería*. Ja, genau, eine Picantería, wie es sie, wie er gelesen hatte, in Mexiko und Peru haufenweise gab. Er würde dem Laden einen so richtig machistischen und lachhaften Namen geben wie »Siete Rayos« – Sieben Blitze – oder so was in der Art, und als Unterzeile würde er anfügen »Für echte Männer«. Er fühlte, dass dieser Name auch dazu beitragen würde, Ausländer anzuziehen – jene Sorte, die gerne überall rumlief und die verfallensten Stadtviertel von Havanna fotografierte, immer auf der Suche nach dem wahren Kuba.

MICHAEL JACKSON

Victoria Casanova, oder Viqui, oder Michael Jackson, oder die Máiquel, wie sie von allen genannt wurde, war eine hellhäutige Mulattin, die im Viertel geboren und aufgewachsen war. Ihr Vater, Arbeiter in einer Zigarrendreherei, betete sie an. Máiquel war von Kopf bis Fuß über alle Massen sexy, und vom Hals aufwärts sah sie Michael Jackson nicht nur ähnlich: Sie sah genauso aus.

Aber Mayito pflegte klarzustellen, dass der Vergleich genau umgekehrt funktionierte: Der betrügerische Michael Jackson sah, nachdem er sich auf so mühevolle Weise seinen *new look* zugelegt hatte, fast genauso aus wie Máiquel. Er sagte fast, weil Michael Jackson sicher gerne die Frische ihrer Haut und ihr siebzehnjähriges Lächeln ohne Falten an den Mundwinkeln gehabt hätte. Ihr nur auf den Mund zu sehen, wenn sie ein wenig die Lippen öffnete, war schon ein Fest.

Der Vater von Victoria, der zweimal geschieden war, hatte erst jenseits der fünfzig begonnen, Nachwuchs zu zeugen. Er liebte alle seine drei Töchter, doch Viqui, seine Erstgeborene, sein Augenstern, erfüllte ihn mit Stolz, schmeichelte seiner Eitelkeit und bewies ihm, dass er nicht vergebens gelebt hatte. Als anständiger Mensch und Mitglied der alten Kommunistischen Partei hätte er sich um nichts in der Welt darauf eingelassen, Tabak zu stehlen, um damit hausgemachte Zigarren herzustellen, wenn es nicht um seiner drei Töchter von 14, 12 und 8 Jahren willen gewesen wäre. Alles Essen bei ihm zu Hause reichte nicht mal zur Hälfte für das aus, was Máiquel brauchte, sie ganz allein. Im Jahre '80 geboren, studierte sie mit ihren 14 Jahren an der *Escuela Nacional de Danza*, an der sie das

Dreifache an Energie verbrauchte, das ihr die kargen Mahlzeiten im Internat wieder zuzuführen vermochten. Deswegen brach sie ab, um keinen Hunger leiden zu müssen und weil sie die Schule am Ende dieses schrecklichen Jahres '94 auf jeden Fall hätte verlassen müssen. Sie wusste, dass sie weder in Mathematik noch in Spanisch bestehen würde, und außerdem erfuhr sie in diesen Tagen von einem bevorstehenden Kurs an der Schule des Tropicana. Das Cabaret förderte Neueintritte ins Tanzensemble, das wegen der Schönheit seiner Frauen das berühmteste in ganz Kuba ist. Selbstverständlich wurde Máiquel, nachdem sie sich mit ihrem äußerst wohlgeformten Körper und ihrer tänzerischen Ausbildung vorgestellt hatte, ohne Schwierigkeiten aufgenommen. Aber unglücklicherweise schmeckte das Essen für die Künstler im Cabaret auch nach sehr wenig, und nach jeder Probe war das, was zu den Casanovas nach Hause kam, ein kleiner Vielfraß. Der arme Zigarrendreher hatte nicht das Herz, seine Prinzipien dem Hunger seiner Töchter voranzustellen. Er fing an, Tabak zu stehlen, um zu überleben.

Nach zwei Jahren beim Tropicana und bei verschiedenen Männern, alle jung, hübsch und arm, verliebte sich Máiquel schließlich in Pío Mondragón, genannt der Schwätzer, ein reicher Vierziger, der sich als »Bank« einer Untergrundlotterie betätigte und sich verschiedenen unerlaubten Geschäften widmete. Mit ihren unreifen 17 Jahren fühlte Máiquel sich angezogen von diesem dunkelhaarigen, großen, schlanken Mann mit den harten Gesichtszügen und einer Narbe, die von einer Stichwaffe herrührte, und der dabei sehr männlich, dynamisch und von einer berückenden finanziellen Solvenz war. Außerdem war der Schwätzer ein Fachmann darin, die Frauen zu unterhalten und zum Lachen zu bringen, und bei den Salontänzen brauchte er sich vor den Profitänzern nicht zu verstecken. In wenigen Tagen verführte er sie und nahm sie mit zu sich nach Hause, damit sie fortan bei ihm wohnen bleiben sollte.

In den ersten zwei Wochen ihres Zusammenlebens fühlte sie sich wie im siebten Himmel. Aber der Schwätzer stellte sich bald als Sadist heraus, und der Moment war nicht fern, in dem er anfing, sie ohne jeden Grund zu misshandeln. Nachdem sie zum dritten Mal Schläge von ihm eingesteckt hatte, schloss Máiquel sich mit Veilchen an den Augen und blutunterlaufenen Flecken im Gesicht zwei Wochen lang ein. Um wieder zu Hause erscheinen zu können, ohne ihre Familie zu beunruhigen, musste sie mehrere Tage abwarten. Schließlich packte sie ihren Kram zusammen und entfloh dem Monster. Aber der Schwätzer vermisste sie, er brauchte sie und nahm sich vor, die große Liebe seines Lebens nicht aufzugeben.

Am folgenden Tag lauerte er ihr von einem Auto aus auf, bis er sie aus ihrem Haus kommen sah. Als sie nah an ihm vorbeikam, setzte er ihr ein Messer an den Hals und drohte, ihr die Kehle durchzuschneiden, wenn sie seiner Einladung nicht nachkäme, in das Auto einzusteigen, um ein paar Worte anzuhören, die er ihr sagen müsse.

Da sie nicht nur um ihre Unversehrtheit Angst hatte, sondern auch wegen der Drohungen gegen ihre Familie, entschied sie, ihn anzuhören. Der Schwätzer fuhr sie zu einem einsamen Ort am Meer, und sie fühlte schon Entsetzen in sich aufsteigen. Aber zu ihrer Überraschung schwor der Schwätzer in vollkommener Zerknirschung, sie nicht noch einmal zu schlagen. Als sie ihn in so aufrichtiger Reue weinen sah, glaubte sie ihm, und in dieser Nacht schliefen sie miteinander. Darauf teilten sie vier weitere Monate voller Fiestas und voll angenehmen Lebens, bis der Schwätzer sie eines Abends, wütend über einen schweren Misserfolg in seinen Geschäften, erneut schlug.

Máiquel zog die Bilanz, dass dies in neun Monaten des Zusammenlebens schon das vierte Mal war, dass er sie schlug, und dieses Mal war es am schlimmsten gewesen. Vor allem hatte er sie danach auf schreckliche Art angesehen und sie schließlich an den Haaren gepackt, ihr den

Hals verdreht und sie abgeknutscht, während er ihr mit der anderen Hand die Messerspitze über Wangen, Nase und Stirn gleiten ließ und ihr mit alkoholgeschwängertem Flüstern drohte: »Ich liebe dich sehr, Kleines, aber wenn du mir noch mal abhaust, mach ich Hackfleisch aus deinem hübschen Gesicht.«

Als er sie losließ, küsste er seine gekreuzten Finger.

Voller Angst ließ sie ein paar weitere Monate verstreichen, während deren sie nicht zu reagieren wagte. Als Gipfel der Erniedrigung suchte sich der Schwätzer eine andere Frau und brachte sie in einem Zimmer mit Küche und Bad unter, kaum 200 Meter von dem Haus entfernt, in dem er mit Máiquel lebte. Sie war nun seine neue Begleiterin auf den Festen, und während er mit der anderen um die Häuser zog, musste Máiquel zu Hause bleiben, waschen, bügeln, kochen und sich im Morgengrauen benutzen lassen, wenn er betrunken zurückkam.

Máiquel begann zwei Ideen hin und her zu wälzen, eine schrecklicher als die andere: sich oder den Schwätzer umzubringen. Bis sie schließlich am 30. Mai, an dem er ihr erlaubt hatte, aus Anlass des Geburtstages ihrer jüngeren Schwester einen Besuch zu Hause zu machen, dort auf Narciso El Nitro traf. Nitro, der drei Monate zuvor freigekommen war, war ein alter Freund ihres Vaters und jetzt auch Abnehmer seiner hausgemachten Zigarren. Sie begrüßte ihn voller Zuneigung. Sie hatte ihn nicht mehr gesehen, seit sie neun Jahre alt war, aber sie erinnerte sich mit großer Sympathie an ihn und seinen Gesang und seine Trommeln auf den Festen des Viertels. Später hatte sie seine Geschichte von Ehre und Gefängnis erfahren, aber nun sah sie ihn auch als schöne und elegante Erscheinung. Und wirklich, das war er auch. Mit seinen 38 Jahren, seiner glatten Haut, seinen perfekten Zähnen und der schlanken, hoch gewachsenen Figur konnte Narciso um zehn Jahre jünger erscheinen.

In der Feststimmung der Geburtstagsfeier legte ein Bewunderer Nitros eine Platte von den *Muñequitos de Matanzas* auf und forderte ihn auf, eine *Columbia* zu tanzen. Nitro ließ sich nicht lange bitten. Er tanzte langsam, auf das Wesentliche beschränkt, ohne akrobatische Großtuerei oder Rumgewackele. Ab und zu hielt er unbeweglich inne, in schlichten Körperhaltungen, doch mit klassischer Anmut und voller Ausdruckskraft. Dieser schwarze Kerl hatte Pep. Sein Tanzstil war einfach die Wahrheit. Und am Ende, unvermeidlich wie immer, verlangte das Publikum, dass die Profitänzerin, die Schwester der Gefeierten, aufstehen und einen Guaguancó mit Nitro tanzen solle.

Zwei Wochen später, kurz vor Morgengrauen, als Narciso längst schlief, erschien ihm Michael Jackson in seinem Hinterhofzimmer, das Gesicht mit einem Tuch verhängt wie eine Beduinin. Sie war gekommen, um ihn um Hilfe gegen den unmenschlichen Schwätzer anzuflehen.

»Schau mal, wie er mich zugerichtet hat.« Und als sie sich enthüllte, zeigte sie ihm an den Backenknochen, auf der Stirn und auf den Wangen einige grünlich blaue Blutergüsse. Das Unheimlichste war ein schwarz geschwollenes Augenlid, das sie daran hinderte, das Auge zu öffnen.

Um die Mittagszeit wurde der Schwätzer in einer Bar, zwei Blocks von seiner Wohnung entfernt, von einem Schwarzen angesprochen, der den Wunsch zum Ausdruck brachte, ihn zu einem Drink einzuladen.

An der Theke stehend, unterbrach der Schwätzer seine Unterhaltung mit zwei Typen, die ihm mit schmeichlerischem Gesichtsausdruck zuhörten, und drehte sich, um den Schwarzen anzusehen. »Und wer bist du, Junge?«

Nitro versetzte ihm einen heftigen Tritt in die Eier, zog einen Revolver und zielte auf die beiden Zuhörer, die nicht zu reagieren wagten. Sofort sprangen zwei andere, die bis zu diesem Augenblick etwas abseits getrunken hatten, Nitro zur Seite. Jeder hatte ein Messer in der Hand. Zu zweit hoben sie den Schwätzer hoch, der zusammengekrümmt zu Boden gesunken war. Als ihn Nitro nun wieder vor sich hatte, legte er ihm den Revolver zunächst über einem Auge an, dann bohrte er ihn ihm in ein Nasenloch, zwang ihn, auf den Lauf zu beißen, ja ihn zu küssen, und flüsterte ihm dann leise ins Ohr: »Ich bin der Mann von Viqui. Sie nennen mich Nitro. Ich wohne einen Block von der Covadonga entfernt. Da kannst du mich finden, wann immer es dir passt.«

Bevor er ging, versetzte er ihm noch einen Tritt ins Gesicht und einen weiteren in die Rippen.

Einige Tage später, als er sich erholt hatte, begann der Schwätzer mit den Vorbereitungen seiner Rache. Wenn dieser Narciso kein reiner Großprotz war, wäre es sicher angebracht, mit Vorsicht zu handeln. Angeber wagten in der Regel nicht, zu handeln wie er, mitten in der Öffentlichkeit und mit unverhülltem Gesicht, ohne Angst vor der Polizei oder vor Vergeltungsmaßnahmen seinerseits. Sogar seine Adresse hatte er ihm hinterlassen.

Etwa eine Woche nach dem Vorfall schickte der Schwätzer Pimienta, einen seiner Schläger, nach Cerro, um Informationen über Nitro einzuholen. Und gerade als er vor dem Krankenhaus von Covadonga aus einem Taxi stieg, stieß Pimienta ganz unvermutet auf den Blonden, der einige Jahre zuvor sein Mitgefangener im selben Zellenblock im Gefängnis gewesen war. Wenig später, ein Bierchen folgte auf das andere, erfuhr Pimienta in einem geheimen Ausschank in der Calle San Pedro, dass Nitro ein Eingeschworener war. Er gehörte einer Abakuá-Gruppe von äußerst toughen Typen an.

Angesichts solcher Nachrichten beschloss der Schwätzer, sich vorsichtig zu verhalten. Im Augenblick würde er nichts Unbedachtes gegen Nitro unternehmen. Ärger mit einer ganzen Truppe von Abakuás zu entfesseln brachte nichts Gutes. Diese verschworenen Schlitzohren, so furchtbar der Kampf auch sein mochte, gingen immer bis zum bitteren Ende. Gegen die ging niemand siegreich vom Platz. Es war besser, besonnen zu handeln, mit wohl abgewogenen Schritten vorzugehen und abzuwarten, bis Nitro die Deckung sinken ließ. Aber der Schwätzer würde sich nicht geschlagen geben. Diesem Hurensohn von Neger würde er das Leben zerstören.

»Ich bin der Mann von Viqui.« Diese Worte und die heisere Stimme hingen ihm nach. Sie begleiteten ihn unversöhnlich vom ersten Moment an. Wie ein schmerzhafter Misston in seinem Gedächtnis eingespeichert, hämmerten die Worte in jeder Minute auf ihn ein. Sie waren in seine Seele eingenietet. Viqui gehörte einem anderen.

Ja, einem anderen, und das gerade jetzt, da er sie so sehr liebte und brauchte. Es waren unheilvolle Zeiten für den Schwätzer.

Michael Jackson, sehr dankbar und ein bisschen verliebt, blieb bei Narciso im Hinterhaus wohnen. Als der Zigarrendreher davon erfuhr, wie sehr sein Mädchen beim Schwätzer gelitten hatte, konnte er nicht umhin, Narciso für sein Eingreifen zu danken. Aber sie so in einer Art wilden Hinterhofehe zu sehen, bedrückte ihn. Trotzdem schluckte er im Stillen und akzeptierte das Paar. Er machte Narciso keinen Vorwurf. Er wusste, er war anständig, ja ehrenwert, und statt seinen Ruf zu beschmutzen, hatte das Gefängnis ihn geadelt. Er bat die beiden also darum, in seinem Haus, in ihrem Zimmer zu wohnen. Narciso stimmte zu, und vom Mai '97 bis zum Juli des Jahres '99 erlebte er die beste Zeit seines Lebens.

Anfangs stellte er sich einen offenen Krieg gegen den Schwätzer vor. Selbstverständlich würde er, vor die Alternative gestellt, erneut zu töten, nicht zögern. Für Máiquel würde er alles tun. Als Abakuá und als ganzer Mann würde er sie nicht im Stich lassen, nachdem er sein Wort gegeben hatte, sie zu verteidigen. Aber für alle Fälle überhäufte er seinen Altar für Changó im Hinterhofzimmer mit

Opfergaben, und auf Knien erbat er von ihm noch ein paar Jährchen mehr, wenigstens noch zwei oder drei, in den Armen jenes großartigen Mädchens, das so viel Zärtlichkeit, Lust und auch Ansehen in sein Leben gebracht hatte. Ihn quälte der Gedanke, sie zu verlieren. Ungeachtet dessen vergingen die Wochen, die Monate, und der Schwätzer tauchte nicht auf.

Als sich das erste Jahr des Paares in Frieden und Harmonie erfüllte, beglückwünschte sie sich, zu Narciso geflüchtet zu sein. Alles schien darauf hinzudeuten, dass sein wohlverdienter Nimbus des achtbaren Mannes den furchtbaren Schwätzer dazu gebracht hatte, sie zu vergessen. Als Gipfel der Glückseligkeit erfuhren sie dann, dass der Schwätzer unter besonderen Sicherheitsvorkehrungen im Gefängnis saß, des Handels mit Marihuana und der Verführung Minderjähriger angeklagt, was ihm nicht weniger als zwanzig Jahre einbringen würde.

PICANTERÍA

Im August des Jahres '97 eröffnete Beni seine Picantería. Nachdem er von Riko ein Darlehen von 5000 Dollar angenommen hatte, bezahlte er davon die Reparatur des Hauses, ließ es von innen und außen neu streichen, die Gipsverzierungen und Stuckleisten wiederherstellen, Sockel, runde Oberlichter, Kranzgesimse und Geländer restaurieren. Er erweiterte das Familienbad, welches nun den Kunden des Paladar dienen sollte, und ließ zusätzlich eine Herrentoilette bauen. Er kaufte Möbel, Tischdecken und Geschirr. Aber die Kunstmalerei, eigentlich das Teuerste, kostete ihn keinen Centavo. Der Bühnenbildner, ein Freund von Riko, empfahl ihm Pablito, einen vortrefflichen Wandmaler, der bereit war, die Räumlichkeiten, die fürs Publikum bestimmt waren, zu gestalten. Im Austausch erhielt dieser dafür einen ständigen und exklusiven Bereich im Hauptsalon für die Ausstellung seiner Werke.

Pablito entwarf auch den grafischen Teil der luxuriösen Speisekarte, auf die Riko so sehr bestanden hatte, mit Illustrationen zur kreolischen Kochkunst, ähnlich wie auf den Wandgemälden.

Beni blieb bei der Idee, einen machistischen Paladar zu eröffnen. Anfangs waren Mon und selbst Riko nicht damit einverstanden. Es erschien ihnen als alberner Gedanke, einfach schlechter Geschmack. Aber Mayito war ein enthusiastischer Anhänger von Benis Idee und machte einen Vorschlag, der alle überzeugte: nämlich den Priapismus mit der Schärfe in Verbindung zu bringen.

Der in der Dritten Welt so sehr verwurzelte Aberglaube, dass Schärfe ein Aphrodisiakum sei, würde ohne Zweifel bei vielen ausländischen Besuchern als Markenzeichen funktionieren. Und als er erzählte, was er über den Gott Príapos gelesen hatte, brach Mon in Gelächter aus und stimmte der Idee schließlich zu. Dieser kulturelle Bezug – im Gegensatz zur Absurdität der Vorstellung, dass echte Machos scharf essen sollten – würde viele phantasiereiche Leute anziehen, einschließlich einheimischer Intellektueller.

Mayito und Beni hatten Recht. Dieser machistische Paladar im baufälligen Stadtviertel – mit seinen scharfen Gewürzen, seinen sechs Meter hohen Decken und anderen leicht grotesken Übertreibungen im Kontrast zu den künstlerischen Wandgemälden und dem kreolischen Essen von guter Qualität – war schon drei Monate nach der Eröffnung ein voller Erfolg. Sehr attraktiv für Touristen, die auf der Suche nach eindrucksvollen Erlebnissen waren, die erzählenswert waren, oder die begierig darauf waren, sich vorurteilslos und solidarisch mit der Dritten Welt zu zeigen.

Viel trug auch das Schild dazu bei, das Beni am Eingang aufgehängt hatte:

PRÍAPOS

PRIMERA PICANTERÍA DE LA HABANA

Macho Specialities & Traditional Cuban Food

Die kubanische Regierung war bei der Genehmigung der Paladares sehr darauf bedacht, diese auf einen kleinen, familienmäßigen Betrieb zu beschränken. Sie sollten Beschäftigung und Einkünfte für Familien bringen, die sich in einer schwierigen Lage befanden, und gleichzeitig die Anzahl der öffentlichen Restaurants für den von Jahr zu Jahr wachsenden Tourismus steigern. Aber um nicht ein Wiederaufleben kapitalistischer Betriebe zu ermutigen, war die Reglementierung sehr streng. Es war verboten, aus irgendjemandem Mehrwert herauszuziehen: keine Anstellung von Bedienungen, Köchen oder sonstigen Arbeitskräften. Alle Mitarbeiter eines Paladar mussten Verwandte ersten Grades des Betreibers oder seines Ehepartners sein (Kinder, Eltern, Geschwister, Schwäger oder Schwiegereltern).

So bot also die erste Speisekarte, ein Meisterwerk von Pablito, zum Preis von 10 USD pro Person folgendes Panorama dar:

PICANTERÍA »PRÍAPOS«

Mesa sueca para hombres duros
Selbstbedienung für harte Männer

Platos Criollos
Kreolische Gerichte

Tamalitos »muy bien puestos«
Maisbrei »sehr gut angezogen«

Yuca con mojo »pelo en pecho«
Yuca in Tunke mit »Haaren auf der Brust«

Kimbombó »échate p'allá«
Kimbombó »Auf geht's«

Congrí »pico y pala«
Reis mit schwarzen Bohnen »Hacke und Schaufel«

Frituras de malanga »salta p'atrás«
Gebackene Malangaküchlein »Hau ab«

Carnes

Fleischgerichte

Masas de puerco fritas »diente de oro«

Entbeintes Schweinefleisch »Marke Goldzahn«, gute Lungen und abgehärtete Gaumen gefragt

Aporreado de tasajo »pérforocortante«

Geschnetzeltes Rindfleisch »durchlöchernd und zerfetzend«, von Kindern fern halten

Postres para damas y niños

Nachtisch für Damen und Kinder, richtige Männer essen keine Süßigkeiten

Boniatillo y coco rallado

Süßkartoffelmus mit geraspeltem Kokos

Cascos de guayaba con queso crema

Guayabascheiben in Käsecreme

Wichtige Anmerkungen

Der Tisch auf der rechten Seite, für Damen und Kinder, bietet die gleichen Speisen wie auf der Karte an, jedoch ohne scharfe Gewürze.

Die heutige Auswahl unseres Büfetts ist immer dieselbe wie samstags. Zur Kenntnis des festen Angebots an den anderen Tagen der Woche (außer dienstags) sehen Sie bitte auf den Seiten 12 bis 17 nach.

Reservierungen unter der Tel.-Nr. 70-3014 zwischen 9:00 und 17:00 Uhr.

Auf den Wandgemälden und den folgenden Seiten informieren wir Sie im Einzelnen über die Zutaten und die Zubereitung unserer Speisen in alphabetischer Reihenfolge.

Wir danken für Ihren Besuch und erinnern Sie daran, dass wir dienstags geschlossen haben.

Schon zu Beginn des Jahres 2001 war am Wochenende ein Besuch des Príapos nur mit vorhergehender Reservierung möglich.

Ohne gegen die staatlich festgesetzten Regeln zu verstoßen, hatte Benis Familie Erfolg. Ein Publikum wie das der Bodeguita del Medio und anderen entsprechenden Lokalen, die mehr kulturelle als kulinarische Anziehungskraft hatten, begann die Picantería zu frequentieren. Ihre Beliebtheit führte sogar dazu, dass ein Team von France 2, angezogen vor allem von den Gemälden Pablitos, eine ausführliche Videoreportage drehte.

Sowohl die Wandgemälde als auch die Speisekarte stellten die grundlegenden Zutaten eines jeden Gerichts vor. Den Pflanzen von afrikanischem oder indoamerikanischem Ursprung, die den europäischen Fernsehzuschauern vielleicht unbekannt waren, wurde eine kurze Information gewidmet. Über den Kimbombó (Hibiscus esculentus) wurde gesagt, dass er in Nigeria und einem Gutteil von Westafrika ein nationales Grundnahrungsmittel darstelle. Vom 16. Jahrhundert an nach Kuba importiert, werde er dort außerordentlich geschätzt wegen seines gelatineartigen Schleims, der Suppen und Schmorgerichten so viel Cremigkeit verleihe.

Dann folgte in der Sendung die kulinarische Vorstellung des auf dem Büfett Angebotenen, in der zum Beispiel ausgeführt wurde:

GUISO DE KIMBOMBÓ
Schmortopf mit Kimbombó

Zutaten für vier Portionen
in Libras (1 lb = 460 g): 1 lb Kimbombó, ½ lb Schweinefleisch
in Onzas (1 oz = 30 g): 4 oz Tomatenpüree

in Stück: 2 Kochbananen, 1 rote Zwiebel, 1 Paprikaschote, 2 Knoblauchzehen
Esslöffel: 2 EL Schweineschmalz
Teelöffel: 1 TL Weinessig, ½ TL Pfeffer, 1 TL Limonensaft, Salz je nach Geschmack

Auf dem Wandgemälde erschienen diese Zutaten wie auf einer Pergamentrolle aufgelistet, und rundherum sah man deren bildliche Darstellungen. In diesem Fall wurde der konische, geriffelte Fruchtkörper eines Kimbombó von großem Kaliber (ungefähr 15 cm lang und 4 cm dick) und von sehr hellgrüner Färbung dargestellt, daneben eine rote Zwiebel, eine dunkelgrüne Paprikaschote, eine gelbe Banane mit dunkler Maserung und der rote Fleck des Schweinefleisches.

Dann folgte das Rezept:

Den Kimbombó waschen, Kopf und Spitze entfernen und wegwerfen. Den Kimbombó in feine Scheiben schneiden, Limonensaft darüber geben und 15 Minuten ziehen lassen.
Den Knoblauch zusammen mit dem Pfeffer zerstoßen und mit dem Tomatenpüree und Essig vermischen und Schmalz, Schweinefleisch, die Paprikaschote und die Zwiebel dazufügen.
Ein Sofrito zubereiten und den Kimbombó mit 2 Glas Wasser dazugeben. Zum Kochen bringen und 20 Minuten köcheln lassen.
Die Bananen klein schneiden und in einem Mörser mit einem Esslöffel heißem Schmalz zerdrücken.
Daraus Bällchen von ca. 4 cm Durchmesser formen.
Wenn der Kimbombó fertig ist, die Bananenbällchen hinzufügen.

Pablito hatte die Wand für seine folkloristische Landschaftsmalerei genutzt. Die Sache mit dem Kimbombó spielte sich in einer sehr geräumigen Küche des 19. Jahrhunderts ab, in der drei schöne Mulattinnen in einer Ecke saßen, ihre Röcke zwischen die stämmigen, unbeschuhten Beine geklemmt, Mais schälten und die Blätter in einen Holztrog warfen und die Maiskolben in einen anderen. Hinter ihnen raspelte ein Sklavenjunge die goldfarbenen Körner auf einer gewaltigen hausgemachten Reibe und warf die entkörnten Kolben in einen großen irdenen Krug voller Wasser. Ein anderes Kind kniete mit vom Rauch entzündeten Augen auf dem Boden und befächelte einen mit Brennholz geschürten Herd. Ein drittes, beim Klauen von Guayaba-Paste erwischt, wich dem Löffelhieb einer alten Negerin aus. Am Tisch in der Mitte schnitt eine dicke Köchin, ein weißes Tuch um den Kopf gebunden, Kimbombó in Scheiben, und neben ihr zerkleinerte ein Mädchen Schweinefleisch. Auf den roten Steinplatten des Herdes zerstampfte ein junger Mann mit muskulösem Körper Bananen in einem großen hölzernen Mörser, und ein kleines Mädchen formte Maisbällchen, um sie in den Schmortopf zu werfen.

Die an den Wänden fixierten Bilder erfüllten sich mit Leben und schienen einen Zeitsprung zu vollziehen, als Doña Esperanza und ihre Helfer sie Schritt für Schritt mit ihrem Gasherd, einem elektrischen Fleischwolf, einem modernen Reibegerät und Inox-Kochtöpfen nachstellten.

In verschiedenen Situationen wiesen die Kamera und der Sprecher im Off auf die Entwicklung der kubanischen Küchengerätschaften hin. Zum Beispiel wurde die kreolische Reibe gezeigt, ein rechteckiger Holzrahmen von 40 x 20 cm, auf den eine Platte aus Weißblech oder Eisenblech genagelt wurde, an der dann mit Hammer und Stichel zahlreiche Perforationen vorgenommen wurden. Wo die Spitze des Stichels auftauchte, bildete sich ein Loch mit scharf schneidenden Rändern. So wurde aus der hundertfach durchlöcherten Metallplatte eine ideale Reibe für Mais, *Ñame* und Malanga. Der Sprecher im Off hob ihren praktischen Gebrauch hervor und die saubere Arbeitsweise, die sie erlaubte, wie man auf dem Bildschirm sehen konnte. Waagerecht auf einen Tisch gelegt, sickert die cremige Substanz, in die sich geriebener Mais und geriebene Knollenfrüchte verwandeln, durch die Löcher und tropft in das so zwischen der rechteckigen Holzfassung und der Tischoberfläche gebildete Behältnis.

Als einer der Stammgäste im Príapos stellte sich Buitre heraus. Seit er das letzte Mal aus dem Gefängnis gekommen war, erschien er fast jeden Abend und brachte sogar Gäste aus anderen Stadtvierteln mit. Anscheinend war er während eines seiner Gefängnisaufenthalte zum Liebhaber des Ají Guaguao, Capsicum frutescens L., geworden, gemeinhin auch als Puta e su Madre bekannt. Er behauptete, dass davon seine Hämorrhoiden verschwunden seien, und die wie von der Vorsehung geschickte Picantería von Beni gab ihm nun die Gelegenheit, vor seinen Freunden zu glänzen, indem er ihnen den harten Typen vorspielte, der löffelweise Chili aß. Wenn er diese höllischen Speisen in sich hineinschaufelte, verstärkte er sie noch mit zusätzlichem Gewürz, das Beni an allen Tischen bereitstellte. Und die Kubaner, die keine Tradition des scharfen Essens haben, waren erstaunt über Buitres Heldentaten.

KARNEVAL '99

Es begann das Jahr 1999, das ein düsteres Schicksal für Nitro in sich barg.

Am 15. Juli, während der Karnevalstage, wurde er eines frühen Morgens auf dem Weg nach Hause von zwei Kapuzenmännern, die aus einem Auto stiegen, angegriffen und bewusstlos geschlagen. Dann nahmen sie ihn mit und brachten ihn an einen Ort, wo der eine Kapuzenträger sich an ihm verging, während der andere Fotos davon machte, die wenig später im Viertel von Hand zu Hand herumgereicht wurden. Andere Abzüge gingen Máiquel und ihrem Vater per Post zu.

Nitro hatte natürlich den Schwätzer im Verdacht. Aber wenn er es nun doch nicht war? Wer wollte einem Häftling, der zu zwanzig Jahren verurteilt war, etwas nachweisen? Außerdem hatte sich Nitro während seiner Gefängniszeit sehr schwierigen Leuten entgegengestellt, furchtbaren Feinden. Besonders einem, den er durch seine Befehle gedemütigt hatte, als sie gemeinsam im selben Flügel des Knastes einsaßen. Und dieser Typ, der zu jeder Art Verbrechen fähig war, hatte Rache geschworen. Aber es gab auch noch zwei andere, und jeder von ihnen konnte es gewesen sein.

Nach zwei Wochen schließlich, in denen die Polizei keine einzige Spur gefunden hatte, ertrug Nitro die Beschmutzung seiner Ehre nicht mehr und erhängte sich in seinem Hinterhofzimmer. Für einen Abakuá, ganz Mann gegenüber allem, gab es keine andere Möglichkeit.

Als er davon erfuhr, verletzte Mayito sich eine Hand bei dem Fausthieb, den er gegen die Wand hämmerte. Mon und Beni verstummten vor Entsetzen. Buitre war einige Tage zuvor erneut verhaftet worden.

Zwei Wochen nachdem sie 35 Jahre alt geworden waren, legten Mayito und Mon einen langfristigen Plan zur Erforschung der Eigenschaften der Carambola fest. Nach sieben Monaten des Experimentierens mit Meerschweinchen, Ratten und Hunden fand Mon zwei Eigenschaften der Carambola bestätigt, auf die Mayito so beharrlich hingewiesen hatte: Erstens wirkte die Süßspeise als unfehlbares Stimulans der Erektion, wenn eine Dosis von mehr als 250 Gramm über einen Zeitraum von mehr als zwei Wochen eingenommen wurde, und zweitens trat die Gerinnung des Blutes im Penis als Folge von ausgedehnten Kopulationen auf.

Durch diese Ergebnisse ermuntert, gab Mayito die Fortführung seiner Spezialkurse in Chirurgie auf und nahm eine Stelle als Assistent von Dr. Barona am Institut für Biotechnologie an, um sich voll und ganz der Erforschung des Priapismus zu widmen.

Mayito begab sich auf eine institutseigene Finca, auf der er dreieinhalb Jahre verbringen sollte, um sich der Durch führung der Forschungsmaßnahmen zu widmen, die von Mon geleitet wurden. So gelang es ihnen am 30. April 1999, ausgehend von Carambola-Samen, eine gerinnungsfördernde Substanz zu isolieren, den Auslöser der Erektion. Dank der Gemeinschaftsarbeit eines biomedizinischen Teams von 17 Personen legte das Institut sein Projekt kaum zwei Jahre später dem CECMED zur Zulassung vor, mit dem Ziel der Herstellung eines Pharmakons unter der vorläufigen Bezeichnung Obeliscus.

Das CECMED ist das **C**entro para el Control **E**statal de la **C**alidad de los **Med**icamentos (Zentrum für die Staatliche Qualitätskontrolle von Medikamenten), eine Institution, die gegenüber jedem Projekt eines neuen Pharmakons, das für den kubanischen Markt bestimmt ist, die Rolle des Advokats des Teufels übernimmt. Lange vor dem Beginn von Experimenten am Menschen wird jedes pharmazeutische Projekt diesem misstrauischen Schiedsgericht und regelmäßigen argwöhnischen Inspektionen unterworfen.

Das Erste, was ein Team als Urheber eines neuen Medikaments bestehen muss, ist das BPL oder Certificado de **B**uenas **P**rácticas de **L**aboratorio (Zertifikat über erfolgreiche Erprobung im Labor). Im Fall des Obeliscus-Projekts, das durch das regierungsamtliche Wohlwollen und das enorme Interesse, das es auf dem Gebiet der Biomedizin ausgelöst hatte, begünstigt wurde, erkannte das CECMED ein annehmbares BPL-Niveau an und gab seinen Genehmigungsvermerk. Die erzielten Daten erlaubten die Festlegung, dass eine Dosis von 2 mg Obeliscus bei Hunden einen leichten postkoitalen Priapismus mit einer mittleren Dauer von 45 Minuten verursachte und dass dieselben Tiere, wenn sie einer Dosis von 300 mg ausgesetzt wurden, in 96 % der Fälle an plötzlicher Erstickung durch Gerinnung des Blutdurchflusses in den Lungen starben. Allerdings reichten dieselben 300 mg, die einem vorher 30 Tage lang durch Dosen von 5/10 mg Obeliscus sensibilisierten Hund verabreicht wurden, nicht dazu, die pulmonare Gerinnung auszulösen, da das Tier in einem Zeitraum von 30 Minuten Opfer eines so thrombotischen und schmerzhaften Priapismus wurde, dass es einer sofortigen Entfernung des Penis unterworfen werden musste.

Nach Erhalt des BPL urteilten die Leute vom CECMED auch über das BPM oder Certificado de **B**uenas **P**rácticas de **M**anufactura (Zertifikat über erfolgreiche Herstellungspraxis), das bei der Produktion der ersten Herstellungsmengen des Medikaments, die für die zukünftigen Humanexperimente bestimmt sind, zur Anwendung kommt.

Doch als alle schon die Siegesgesänge anstimmten, kam Sand ins Getriebe: Die bösartigen Funktionäre qualifizierten die Produktstabilität wegen Unzulänglichkeit der Daten herab. Außerdem verlangten sie die vollständige Wiederholung der Probe bezüglich der akuten Toxizität, da ihnen die Bestimmung der DLM (Dosis Letal Media), der mittleren tödlichen Dosis, die notwendige methodologische Strenge vermissen zu lassen schien. Verdammter Mist!

Da konnte man nichts machen. Das CECMED weigerte sich, die AEC oder Autorización para los Estudios Clínicos sobre seres humanos (Genehmigung für Klinische Studien an menschlichen Wesen) zu unterschreiben, und das Obeliscus-Projekt verzögerte sich um ein weiteres Jahr, das damit verging, eine Reihe von Tests zu wiederholen und sich neuen Kontrollen zu unterziehen, die nach Meinung des Teams unnötig waren.

Auf eigene Kosten und eigenes Risiko erprobten Mayito, Mon und weitere fünf Freiwillige vom Institut Obeliscus an sich selbst und gelangten zu der Präzisierung, dass auch Menschen post coitum eine ähnlich erhöhte erektile Ausdauer erreichten wie Hunde, jedoch mit einer Dauer von nur 15 bis 25 Minuten bei einer Dosis von 25 mg. Ein Spaßvogel des Teams begann vorauszusagen, dass, wenn die Hürde der klinischen Versuche am Menschen zu nehmen wäre, die teuflischen Inspektoren des CECMED wohl fordern würden, bei den Kopulationen der Freiwilligen anwesend zu sein, ihnen die Erektionen zu betasten, um dann mit der Stoppuhr in der einen und dem Penis in der anderen Hand auf die Erschlaffung zu warten.

ER VERDIENT ES

Mitte des Jahres 2002 erhielt Mayito eines Abends einen Anruf von Beni. Er schien aus irgendeinem Grund sehr nervös zu sein, aber er wollte nichts verraten. »Ich muss dich sehen.«

Zwischen den Reitern kamen die Worte »sehen müssen« einer gerichtlichen Vorladung gleich, und sie kamen überein, sich noch am selben Abend in der Picantería zu treffen.

»Sag auch Mon Bescheid.«

Als sie in das überfüllte Lokal kamen, empfing sie Beni wie erwartet mit einer Leichenbittermiene.

»Etwas Schreckliches«, verkündete er und machte ihnen Zeichen, dass sie ihm nach hinten folgen sollten. Gegen seine Gewohnheit, die Freunde an der Bar zu empfangen und sie zu einem Espresso oder zu einem Bier einzuladen, nahm er sie in den hinteren Hof mit.

»Schrecklich«, wiederholte er.

»Ist ja gut, mach schon, Alter, erschreck uns nicht länger.«

Flüsternd erzählte er ihnen, dass die Polizei nun wisse, wer der Vergewaltiger von Nitro gewesen sei. Er hatte die Information aus guter Quelle. »Der Typ, der ihn verpfiffen hat, war der andere Kapuzenträger, der die Fotos gemacht hat.«

»Und du, wie hast du es erfahren?«

»Fraga.«

Ja klar, ein Major vom DTI, den Mon und Mayito auch kannten. Ohne Zweifel eine gute Quelle.

»Wie es scheint, hat die Polizei einen Tipp gekriegt, und sie hatten angenommen, dass der mit den Fotos der Vergewaltiger war. Da hat der Typ, um sich selbst zu entlasten, einen bezichtigt, den sie den Blonden nennen.«

Ein starkes Stück!

»Verdammter Mist, dass diese Scheiße erst fast drei Jahre nach dem Selbstmord rauskommen muss.«

»Und wer ist nun dieser Blonde?«, fragte Mayito.

»Aber, Beni, Junge«, unterbrach Mon, »das ist doch nichts Schreckliches. Das Schreckliche war doch die Sache mit Nitro.«

»Klar«, unterstützte ihn Mayito, »wir sollten sogar froh sein. So wissen wir wenigstens, wem wir die Rechnung präsentieren können.«

»Nein, Mann«, sagte Beni, »dass sie den Fall aufgeklärt haben, das freut mich auch. Das ist nicht das Furchtbare ...«

»Und was dann?«

»Weißt du, wer der Blonde ist?«

»Der Blonde ist Buitre« – fast schluchzte Beni –, »so nennen sie ihn im Knast.«

Man wusste auch, dass der Anstifter der Schwätzer war, der Ex-Mann von Máiquel, ein gefährlicher Verbrecher, der Buitre 1000 Dollar dafür bezahlt hatte, sich an dem Schwarzen zu vergehen.

Mayito und Mon sahen sich schweigend an. In diesem Moment erschien Adelaida mit betroffenem Gesicht und setzte sich neben Beni.

»Ich verstehe es einfach nicht«, sagte Mon, schüttelte den Kopf und sah Beni verstört an.

Ja, verdammt noch mal, Mon konnte es nicht fassen, dass ein Mensch sich für eine solche Schweinerei hergeben konnte, für so ein paar Scheißkröten. Und dabei zu wissen, dass er einem Mann das Leben zerstört, der mit ihm zusammen aufgewachsen ist.

»Was zum Teufel hat so ein Typ im Herzen?«

Mayito entrang sich ein Schluchzer, und er entfernte sich hinkend. Mon blickte ins Leere, untröstlich.

Adelaida streichelte ihm den Nacken. Sie kannte die

Nachricht schon und sagte entschlossen: »Was der Buitre verdient, ist, dass sie ihm seinen abschneiden.«

Alle dachten dasselbe, aber das Arschloch von Buitre saß im Gefängnis, noch mal zu fünfzehn Jahren verurteilt.

EPILOG

Am Dienstag, dem 6. August 2002, erhielt Buitre unerwarteten Besuch von Marquitos, einem schwulen Mulatten, einem Nachbarn aus dem Fons, der vor einigen Jahren sein Liebhaber gewesen war. Marquitos hatte geträumt, dass Buitre ihn um scharfes Gewürz bat, weil er den Geschmack des Gefängnisessens nicht mehr ertrug. Und da er wusste, dass die Santos die Träume ihrer Schutzbefohlenen leiten und sich ihrer bedienen, um Botschaften zu senden, verstand er, was von ihm verlangt wurde, und ging zu Beni, um Scharfwürze zu kaufen. Er wollte ihm eine Menge mitbringen, die ihm einen Monat lang reichen würde – bis zum nächsten Besuch. Beni sagte ihm, er verkaufe kein scharfes Gewürz und schon gar nicht in diesen Mengen, aber da es schließlich ein Mitbringsel für Buitre sein solle, würde er ihm ein bisschen schenken, und er überließ ihm etwas mehr als ein Pfund.

Marquitos würde Buitre später, während des Besuchs, erzählen, dass Beni zu ihm bemerkt habe: »Aber damit wirst du nicht weit kommen, weil der Buitre das scharfe Zeug wie ein Geistesgestörter frisst.«

Nach einem verzögerten Senken der Augen erklärte Marquitos Buitre weiter: »Und da sage ich: ›Haaach, Beni, mein Junge, und was soll ich tun, damit ich dem armen Bubú mehr von dem Gewürz bringen kann?‹«

Da hatte ihm Beni geraten, er solle sich etwa acht Pfund von diesem Puta-e-su-Madre-Chili besorgen und er würde dann seine Schwägerin darum bitten, ihm das pikante Gewürz zuzubereiten.

»Wenn es nicht sehr schwierig ist und du es mir beibringst, könnte ich es auch selbst zubereiten«, hatte sich Marquitos angeboten.

»Oh, nein! Das ganz bestimmt nicht.«

Beni konnte ihm das Rezept nicht erklären, weil es ein von den Vorfahren ererbtes Geheimnis seiner Schwägerin war, das nicht einmal er kannte.

»Und stell dir vor, wie kompliziert das sein muss. Damit die Würzmischung gut wird, sind das Wichtigste einige Gebete und Segenssprüche, und Esperanza ist die Einzige, die sie kennt.«

Und wie es der Zufall wollte, war Marquitos der Masseur einer Dame aus Miramar, in deren Hof einige sehr ertragreiche Büsche standen.

»Mit diesem scharfen Chili?«

»Oh ja, mein Junge, mit diesem Kleinen mit dem unverschämten Namen.«

Aber sie aß das Zeug nicht, sondern benutzte nur die Blätter als Schutz gegen irgendwelche Hexereien.

»Es lässt einen schaudern, zu sehen, wie sie die kleinen Schoten haufenweise vertrocknen lässt, da unter den Büschen. Wo sie dir doch so schmecken, Bubú …«

Das also war es, was Marquitos Buitre erzählte.

Und Buitre glaubte ihm die ganze Geschichte.

Kurz vor jenem Besuch hatte Marquitos erfahren, was Buitre dem Nitro angetan hatte. Er weinte ein Meer von Tränen, aber inmitten des Jammers, während er an seinen Tränen schluckte und Beni zuhörte, nickte er, ja, er würde mitmachen. Und ohne Zögern erklärte er sich bereit, seine Rolle bei der Rache der Reiter zu spielen. Er hatte Buitre nie verziehen, dass er ihn eines Nachts während einer Sauferei in die Hinterbacken gezwickt hatte. Und er hatte auch nicht vergessen, dass Nitro von Kind an sein einziger Verteidiger gegen die Spitzbuben in den Hinterhöfen gewesen war und dass Nitro ihn trotz seiner offenkundigen Homosexualität weiterhin grüßte und mit Respekt behandelte, auch nachdem er sich als Abakuá eingeschworen hatte. Vor allem aber fand Marquitos niemals Trost für die acht Jahre, die Nitro im Knast abgesessen hatte, weil er ihn gegen den Jochbeinbrecher damals in der Kaschemme in der Calle Falgueras verteidigt hatte. Er hatte sich immer schuldig gefühlt. Später hatte er es nur unterlassen, ihn im Gefängnis zu besuchen, um ihn vor den anderen Häftlingen nicht zu kompromittieren. Aber andererseits gab es in all den acht Jahren nicht einen einzigen Besuch der Reiter, den Marquitos nicht dazu genutzt hätte, um ihm Zigaretten, Schokolade, Essen, Bücher und einige Zeilen voller Freundschaft und Dankbarkeit zu schicken.

An jenem Samstag überließ Marquitos Buitre eine ganze Gallone pikanter Gewürzmasse von teigiger gelblicher Konsistenz in einem Plastikbehälter für Autoschmieröl der Marke Castrol, der bis obenhin gefüllt war. Nach Benis Schätzung müsste ihm das für ungefähr zwei Monate reichen. Als Marquitos am Dienstag, dem 10. September, wieder zu Besuch kam, hatte Buitre tatsächlich noch eine ganze Menge Würze übrig, fast eine drittel Gallone. Aber diesmal hatte Marquitos ihm noch etwas mitgebracht, das ihn geradezu mit Glückseligkeit erfüllte. Es waren drei Portionen »Tamalitos muy bien puestos«, seine Leibspeise, sein Lieblingsgericht aus dem sehnsüchtig vermissten Repertoire des Príapos. Aber seine Gefräßigkeit machte Buitre unfähig, auch nur ein kleines bisschen für später aufzuheben. Er verschlang alles noch am selben Tag des Besuchs, einen Teil zu Mittag und den Rest zum Abendessen.

Die Dosis Obeliscus hätte für ein Pferd ausgereicht und löste noch in derselben Nacht einen Anfall von Priapismus bei ihm aus. Im Morgengrauen des folgenden Tages, am 11. September, ein Jahr nach dem Einsturz der Zwillingstürme des World Trade Center, erlitt sein Penis das gleiche Schicksal. Sie amputierten ihn vollständig, sang- und klanglos, in einer Welt, die wegen der Tragödie von New York noch immer voller Bestürzung war.

Am 28. September schnitt er sich mit einem selbst geschliffenen Löffelstiel die Pulsadern auf.

Wenig später, in einem anderen Block des Combinado del Este, würde im Namen ewiger, ungeschriebener Gesetze ein anderer Löffelstiel geheime Gerechtigkeit üben. Am 12. Oktober näherte sich der Schädling, ein Mörder von 62 Jahren, unterstützt von zwei kräftigen Kerlen, Pio Mondragón alias der Schwätzer und sagte zu ihm: »Máiquel Jackson lässt dich grüßen.«

Dann versetzte er ihm fünf Stiche mit dem Löffelstiel in den Unterbauch und zwei in die Leber, so wie er es mit dem Auftraggeber der Dienstleistung vereinbart hatte.

Als der Schwätzer in den Operationssaal kam, war nichts mehr zu machen. Die Infektion hatte sich schon über die ganze Bauchhöhle ausgebreitet.

In Wirklichkeit wusste Máiquel nichts von der Angelegenheit. Ein Abakuá aus dem Cerro hatte dem Schädling den Job gegen Bezahlung von zehn großen grünen Scheinen angeboten. Dies entsprach 133 000 japanischen Yen, die mit einer VISA-Kreditkarte der Kyoto Royal Bank abgebucht worden waren. Die Summe wurde in Form von 1000 Dollar aus einem Kassenautomaten im Hotel Habana Libre gezogen und entsprach ihrerseits 20 000 kubanischen Pesos, die sich für Dañino, den Schädling, in 2857 Schachteln Popular-Zigaretten zum staatlichen Preis von sieben Pesos übertrugen. Er hatte sich ausgerechnet, dass er mit dieser Menge seinen Rauchbedarf für die 2322 Tage, die er noch im Knast sitzen musste, sichergestellt hatte, und mit den übrigen 535 Päckchen würde er sich zwei Helfer leisten können, die Spezialisten im Fesseln und Knebeln waren.

GLOSSAR

Abakuá: aus der Carabalí-Kultur in den Hafenstädten Havanna und Matanzas entstandener religiöser Geheimbund auf Gegenseitigkeit, dessen Mitglieder ausschließlich Männer sind

Ají Guaguao: auch Puta e su Madre (wörtl. die Hure und ihre Mutter), kleine, sehr scharfe Chilischote

Babalao: Priester der afrokubanischen Santería-Religion

Batá-Trommeln: drei konische, verschieden große, bimembrane Trommeln, die ursprünglich nur bei religiösen Zeremonien der Santería auf den Knien aufliegend gespielt wurden

Boniatillo: breiförmige Süßspeise aus Süßkartoffeln

Cajón: Percussionsinstrument der Rumba, ursprünglich als Instrument benutzte Holzkiste

Calzada del Cerro: große Durchgangsstraße im Stadtteil Cerro

Camagüey: Hauptstadt der gleichnamigen Provinz in der östlichen Mitte Kubas

CDR: Komitees zur Verteidigung der Revolution, existieren in allen Häuserblocks bzw. Nachbarschaften

Cementerio Colón: berühmter Zentralfriedhof von Havanna von der Größe eines Stadtviertels mit einer Vielzahl von historischen Grabmonumenten, ein äußerst geschichtsträchtiger Ort

Cerro: zentral gelegenes Stadtviertel Havannas

Changó: Gott des Feuers, des Blitzes und der Männlichkeit sowie der Trommeln in der Santería, entspricht der katholischen Sta. Bárbara, seine Farben sind Rot und Weiß

Columbia: schnelle und virtuos improvisierte Form der Rumba, nur von Männern einzeln, auch im Wettstreit gegeneinander getanzt

Combinado del Este: großer Gefängniskomplex in Ost-Havanna, jenseits der Hafenbucht

Congrí: eine der wichtigsten Beilagen der kubanischen Küche aus Reis und schwarzen Bohnen

Conjunto de Danza Moderna: das wichtigste Ensemble für modernen Tanz und Ballett mit internationalem Ruf

Escuela Nacional de Danza: nationale Tanzakademie, an der nach einer international anerkannten eigenen kubanischen Tanzschule gelehrt wird

Frituritas de Malanga: Kroketten oder Pfannküchlein aus Malanga, einer stärkehaltigen Knolle, die wie die Kartoffel zubereitet wird, in Kuba wie die Yuca ein Grundnahrungsmittel

Fuerzas Armadas Revolucionarias: kubanische Armee: »Bewaffnete Revolutionäre Streitkräfte«

Fufú: ein Brei aus Bananen oder Knollenfrüchten wie Kartoffeln, Malanga, Boniato etc.

Guaguancó: Hauptform der Rumba, schneller, offener Paartanz mit festen Elementen, aber viel Raum für Improvisation, mit typischem Rhythmus

Guaracha: ländliche Lied- und Tanzform mit witzig-anzüglichen Texten im Wechsel zwischen 3/4- und 4/4-Takt

Gusano: wörtl. Wurm, despektierlich für Konterrevolutionäre und Leute, die mit dem rechten Exil in Verbindung stehen

Jiquíbaum: Hartholzbaum aus der Familie der Wolfsmilchgewächse

Komitee: s. a. CDR

Kimbombó: auch Quimbombó, Kraut, dessen Wurzelknolle ein beliebtes Gemüse ist

La Víbora: Stadtviertel Havannas, südl. von Santos Suárez

Malanga: s. Frituritas de Malanga

Mamey: große Sapote oder Marmeladenpflaume, sehr wohlschmeckende Frucht, die an bis zu 15 m hohen gleichnamigen Bäumen wächst

Matanzas: Hauptstadt der gleichnamigen Provinz, östlich

an die Provinz Havanna angrenzend, Wiege der Rumba und des Danzón

Marímbula: kistenförmiges Instrument mit Metallzungen, wird auf der Kiste sitzend mit den Fingern angezupft, war in Kuba vor dem Kontrabass in Son und Changüi als Bassinstrument üblich

Mojo: Tunke aus heißem Fett (Schmalz, Speiseöl) mit gebratenen Zwiebel- und Knoblauchstückchen, Salz und Limonensaft

Muñequitos de Matanzas: Rumbagruppe aus Matanzas, eine der besten, wenn nicht die beste des Landes

Ñame: Yamswurzel, stärkereiche Knolle, die in einzelnen Arten eine beträchtliche Größe erreicht

Oriente: der Osten Kubas, früher die Provinz Oriente, jetzt aus den Provinzen Las Tunas, Holguín, Granma, Santiago de Kuba und Guantánamo bestehend

Orula: in der Santería der Gott der Weisheit, der die Zukunft vorherzusagen weiß und Schutz vor schädlichen Einflüssen verleiht, seine Farben sind Gelb und Grün

Paladar: wörtl. Gaumen, in Kuba als Bezeichnung für private Familienrestaurants gebräuchlich

Patria o Muerte: »Vaterland oder Tod« – bekannteste Parole der kubanischen Revolutionäre

Período Especial: Spezialperiode, 1990 bei Beginn der Krise nach dem Zusammenbruch des ehemaligen sozialistischen Lagers in Osteuropa ausgerufen, gilt heute als weitgehend beendet

Picantería: Restaurants mit der Spezialität scharfer Speisen und Gerichte, eigentlich eine mexikanische Erfindung

Pinar del Río: westlichste Provinz Kubas, Hauptanbaugebiet des berühmten Tabaks

Rueda de Casino: Paartanz in Gruppen nach choreografischen Figuren mit schnellen Partnerwechseln

San Miguel del Padrón: Stadtviertel am südöstl. Stadtrand Havannas

Santería: synkretistische afrokubanische Religion, die in Kuba eine sehr wichtige Rolle spielt, entstammt der Yoruba-Kultur Westafrikas und ist mit katholischen Elementen gemischt

Santos: »Heilige« = Gottheiten der Santería

Santos Suárez: zentral gelegenes Stadtviertel Havannas, südlich von Cerro

Sierra Maestra: höchster Gebirgszug Kubas im Osten, von dem die Befreiungskriege des 19. Jhs. und später die kubanische Revolution ausgingen, gilt auch als Wiege des Son Cubano

Sofrito: leicht angebratene Soßengrundlage, meist aus Tomaten, Zwiebeln und Knoblauch etc.

Tamales: Gericht aus gemahlenem Mais, der gewürzte Maisbrei wird in die Maisblätter gewickelt und gekocht, auch als Tamales en cazuela, d. h. offen im Topf zubereitet

Tinajón: riesige Tonkrüge mit großer Öffnung zur Aufbewahrung von Wasser, Speiseöl etc. (bis zu 2 m Durchmesser), typisch für die Stadt Camagüey

Yambú: langsamer, offener Paartanz, Grundform der Rumba, wird oft von älteren Leuten bevorzugt

Yemayá: eine der wichtigsten Figuren der Santería, schwarze Göttin des Meeres und der Fruchtbarkeit, entspricht der Jungfrau von Regla, ihre Farben sind Blau und Weiß

Yorubá: Kultur und Religion aus Westafrika (Benin, Dahomé, Nigeria etc.), eine der wichtigsten Wurzeln der afrokubanischen Kultur und der Santería, auch in der Sprache wiederzufinden

Yuca: stärkereiche Knolle, in Afrika Maniok genannt, ein Grundnahrungsmittel in der kreolischen Küche Kubas

Über die Reihe

GourmetCrime ist die einzige Buchreihe der Welt, zu der internationale Autoren original ihre Texte beitragen.

GourmetCrime vereint drei Trends in einer Buchreihe:

Genuss gilt nicht mehr als Luxus, sondern ist mehrheitsfähig geworden, und so ist es geradezu schick, auch von gutem Essen und Wein etwas zu verstehen.

Die Reiselust wächst unaufhaltsam, und es gibt keine größere Stadt auf der Welt, in der sich nicht auch deutsche Touristen heimisch fühlen.

Krimis sind seit Chandler und Hammett anerkannte Literatur, und heute steht Kriminalliteratur in der gesamten westlichen Welt auf den Bestsellerlisten.

Über den Autor

Daniel Chavarría wurde 1933 in San José in Uruguay geboren. 1969 floh er mittels einer Flugzeugentführung aus Kolumbien nach Kuba.

Er hat zahlreiche Kriminalromane geschrieben, von denen einige international preisgekrönt wurden. Er lebt heute noch in Kuba.

Über den Herausgeber

Jürgen Alberts ist einer der bekanntesten deutschen Kriminalschriftsteller. Er hat eine Romanserie über seine Heimatstadt Bremen verfasst und organisiert internationale Krimi-Events. Seine Bücher wurden mit mehreren Preisen ausgezeichnet und in viele Sprachen übersetzt. Er reist und kocht gerne.